Alle in diesem Buch genannten Charaktere sind
selbstverständlich frei erfunden.
Ähnlichkeiten zu realen Personen sind zufällig und
nicht beabsichtigt.

3., überarbeitete Auflage

Herstellung und Verlag:
BoD – Books on Demand, Norderstedt
ISBN 978-3-7357-5642-8

Zu diesem Buch

Vor gut einem halben Jahr stand der
Protagonist dieses Buches auf einem
Schulhof und fragte sich nach dem Sinn des
Lebens. Nach dem Sinn seines Lebens.
Wofür reißt er sich hier eigentlich den
Arsch auf?
Er machte sich auf den Weg in ein anderes
Leben.
Er versuchte Antworten zu finden. Er fand
Antworten und Leute die ihm halfen.
Ob dies jedoch schon alles ist? Ob es da
noch mehr gibt, was es sich lohnt zu
finden?
Ob er noch mehr ändern muß?
Dies und mehr findet er in diesem Buch
heraus.
Und mehr als einmal wird sich der Leser
dabei fragen, ob man so etwas erleben
kann, oder welche Mittel ein Autor nimmt
um solche Gedanken haben zu.
Der Autor benutzt in diesem Buch auch
immer wieder die gewohnt klaren Worte,
um seinen Gefühlen freien Lauf zu lassen.
Trotzdem ist der Text auch gewohnt
sarkastisch, doppeldeutig und hintersinnig.
Übrigens, Ähnlichkeiten mit realen
Personen sind natürlich, wie immer, rein
zufällig.

Viel Spaß

3

Inhaltsverzeichnis

4

WIE ALLES BEGANN

Vorabend

Vor gut einem halben Jahr stand ich, an mir
selbst zweifelnd, abends auf einem
Schulhof. Einige Monate später führten
mich diese Zweifel, ausgelöst durch die
Trennung von meiner damaligen Partnerin
Hermine, in eine Reha.
Hier lernte ich Netty, die eigentlich Annette
heißt, kennen.
Mit ihr beschritt ich den „Weg in ein
anderes Leben".
Heute will ich sie wieder einmal auf ihrer
Arbeit besuchen.

Es ist Sommer. Ein Tag vor meinem großen
Sommerurlaub.
Eigentlich ist in der Firma nichts mehr zu
tun. Aber ich habe heute noch einen Termin
in Berlin. Also gehe ich doch noch arbeiten.
Es ist ja nicht meine Schuld, wenn man mir
die Hardware wegnimmt. Das ist natürlich
extrem langweilig. Aber Otto & friends
helfen mir bis neun Uhr prima, mich zu
unterhalten, wie immer.
Dann gehe ich zu Hans, ins eigentliche
Büro, zurück.
Natürlich darf ich Netty nicht vergessen.
Mail, SMSsen und Telefon, sie hält mich
bei Stimmung. Allerdings muß ich
zurückhaltend sein. Ich habe noch
„Großes" vor!
Um drei Uhr nachmittags halte ich es nicht
mehr aus.
Ich mache „Feierabend" und verabschiede

mich von ihr, da ich nach Hause fahre.
Was Netty nicht weiß, mein „zu Hause" ist
jetzt bei ihr im Büro.
Kurz vor sechzehn Uhr stehe ich bei ihr im
Amt. Ich will sie überraschen und ihr
zeigen, wie Mann sie begrüßen kann, wenn
Mann sie lange nicht gesehen hat.
Leider ist die Tür zu! Ein Kunde? Noch
bevor ich weiß, wie ich die Situation und
Überraschung rette, ist es passiert.
Sie steht auf dem Flur hinter mir!
Plan B!!!
Scheiße, wo ist Plan B! Was jetzt????
Sie reagiert super, und lotst mich gleich ins
Büro. Eine Umarmung, aber das wollte ich
nicht!
Ein dicker fetter Kuss auf die Seite war
geplant! Scheiße!!! Was ist Plan B????
Zitternd überreiche ich ihr ein Ladekabel!
Zitternd!!!
Das ist ja hier gründlich in die Hose
gegangen! So ein Scheiß! Mehr kann man
sich gar nicht blamieren!
Wo ist das Loch im Boden, in dem ich
versinken kann?
Nach der Installation des Kabels an ihrem
Rechner, habe ich mich gefangen. Ich fühle
mich immer noch blöd, aber sie ist Klasse.
Schließlich bin ich doch über eine Stunde
bei ihr.
Dabei habe ich das Gefühl, daß das
„Notfallset", bestehend aus String,
Cocktails und Kondomen, welches ich ihr
schenke und mein Besuch doch ganz prima
angekommen sind.
Leider muß *ich* diesmal los. Der Abschied

ist sehr angenehm.
Auf dem Weg nach Hause kommt eine
SMS. Ihr war schwindlig beim Abschied.
Von mir?

Was bedeutet das denn nun schon wieder?
Ich verstehe die Frauen nicht.
Ihr war doch gar nichts anzumerken?

ANNI

Tag des Kusses

Internationaler Tag des Kusses – was der
wohl bringen wird?
Durch Zufall – wirklich! – bin ich mit Netty
verabredet. Aber wenn es den Zufall nicht
gegeben hätte, hätte ich ihn erfunden!
Der Tag beginnt wie immer, naja fast.
Um fünf Uhr bin ich wach und schreibe
einen Gruß.
Aber nun schlafe ich weiter, ich habe ab
heute Urlaub! – drei Wochen.
Gegen sieben Uhr dreißig bin ich wach und
gut gelaunt. Ich beginne schöne
Nachrichten zu schreiben.
Schließlich ist Netty alleine im Amt. Es
scheint zu wirken. Sie beschwert sich nicht,
daß sie sich langweilt.
Gegen Mittag muß ich zum Finanzamt. Von
dort fahre ich nach Perlenberg zum Friseur.
Frisch gestylt mache ich mich auf nach
Spundow, um mich mit ihr auf einen Kaffee
zu treffen.

Ich bin ein, zwei Minuten zu spät, oder sie
ist zu früh. Egal, jedenfalls erwartet sie
mich schon.
Mit einem innigen Kuss begrüßt sie mich.
Wow, nicht schlecht die Frau! Sie küsst und
schmeckt sehr gut. Da geht sofort die
Phantasie mit einem durch!
Wir kaufen ein Paar Schuhe für mich.
Meine gefallen ihr nicht. Die neuen Treter
müssen natürlich eingelaufen werden.
Kein Problem.
Der Sonne scheint herrlich. So gehen wir

am Wasser, der hier fließenden Havel,
spazieren. Es ist wunderschön. Auf einer
Bank bleiben wir sitzen und unterhalten uns
lange und intensiv. Sehr intensiv.
Irgendwie halte ich es nicht mehr aus. Ich
muß eine Entscheidung fällen.
Zumindest in Gedanken finden sich meine
Hand plötzlich auf Annis wunderschönen,
nackten Schenkeln wieder. Doch statt der
erwarteten Ohrfeige, fühle ich eine Hand,
die die meine streichelt.
Ich werde mutiger und lasse meine Hand
ganz langsam unter ihren kurzen Rock
gleiten. Oder besser, schiebe ihn etwas
hoch. Die Finger bleiben dabei immer an
ihren Schenkeln. Anni scheint ihren Spaß
daran zu haben, denn sie setzt sich
entspannter hin und ihre Hand gleitet von
meiner herunter, um sich dann mit meinen
Shorts zu beschäftigen. Hat da jemand
gewartet???
Das will ich jetzt wissen und strecke die
Finger unter den Rock nach ihrem Höschen
aus. Sie lässt den Finger gewähren und
spreizt die Beine unmerklich noch ein
bisschen an. Dadurch erreiche ich ihr
Kätzchen, welches ich vorsichtig drückend
liebkose. Sie beugt sich zu mir herüber um
mich zu küssen. Und diesmal spüre ich ihre
Zunge, die fordernd die meine sucht und
auch schnell findet.
Auch ihre Hände sind mittlerweile im
oberen Bereich meiner Shorts angekommen
und tasten suchend und fordernd zugleich
ab, was sich dort bietet.
Man wie lange wäre das her, daß ich sowas

erlebte.

Mit Hermine, meiner Ex, fünfzehn Jahre,
jedenfalls mit dieser unverdorbenen,
anfänglichen Leidenschaft. In den letzten
Jahren war ich mehr mit meiner Hand
verabredet als mit Hermine.

Doch schon geht es weiter.

Ich bin etwas aus der Übung, aber Annis
zärtlich fordernde Hand in meinem Schritt,
ihre Zunge in meinem Mund und meine
Hand an ihrem Slip zeigen mir, daß ich es
doch noch nicht verlernt habe.
Was ist das geil!
Man und wir sitzen auf einer Parkbank! Es
sind außer uns auch noch andere Leute hier.
Gegenüber am anderen Ufer liegen Schiffe.
Das man uns bestimmt gut sieht, ist uns
aber völlig egal.
Im Gegenteil, eine gefühlte Ewigkeit
genießen wir dieses Gefummel, dann setzen
wir langsam den Spaziergang fort.
Allerdings immer wieder unterbrochen von
Küssen.
Innigen Küssen.
Händchen haltend und ein bisschen
grabbelnd.
So fühlen und benehmen sich Teenager.

Unglaublich, dieser Kaffee den wir
mittlerweile trinken Hat sie mir etwas
hineingemixt? Es ist unglaublich.
Ich höre Netty reden und antworte, aber
nehme gleichzeitig eine viel phantastischere
Ebene war.

Auf jeden Fall ist es mindestens genauso
anregend und heiß wie der sehr gute Kaffee
der vor mir steht.

Nach einer kleinen Pause in dieser
Bäckerei, bei Eis, finde ich mich mit Netty,
wieder auf einer Parkbank ein, um weiter zu
quatschen. Es war schön am Wasser.
„Leider" brachte mir das Eis keine
Abkühlung, „wie erhofft".
Wir reden noch intensiver als vorher.

Dabei gleiten meine Hände diesmal
deutlich schneller unter den Rock von Anni
– wie ich Netty's geiles Ebenbild in meiner
Phantasie nenne.
Ich massiere ihre Scham liebevoll. Aber
auch sie hat ihre Zurückhaltung aufgegeben
und knöpft mir die Hose auf. In meinem
Slip sucht sie ein kleines Männchen,
welches unter ihren zarten Fingern schnell
ein stattlicher Mann wird. Das Ganze wird
von innigen Küssen begleitet, aber auch
leider durch Passanten immer wieder
unterbrochen.
Schamloses Gesindel, stören Liebende auf
einer Parkbank!
Während ich meine Hand unter dem Rock
gut verbergen kann, muß mein Mann immer
wieder schnell in die mittlerweile etwas
enge Jeans. So geht das nicht. Außerdem
soll man aufhören, wenn es am schönsten
ist.

Netty und ich schlendern irgendwann zu
ihrem Auto zurück. Sie muß noch fürs
Wochenende einkaufen. Wir haben ja auch

lange genug gequatscht.
Am Auto, das relativ abseits auf einem
Parkplatz steht, geben wir uns einen so
intensiven Abschiedskuß, daß die Phantasie
erneut mit mir durchgeht.

Anni und ich müssen uns doch noch mal ins
Auto setzen. Ich küsse sie wieder und dabei
gleitet meine Hand über ihre
wohlgeformten Brüste. Das begeistert sie
sehr und bald sitzt sie mit offener Bluse da,
damit ich an ihren Knospen knabbern kann.
Während ich das tue, entkleidet sie meinen
Mann komplett und beginnt, im zu zeigen,
daß auch die Franzosen den Tag des Kusses
kennen. Oh, Mann. Ist daß heiß!
Draußen.
Hier im Wagen ist es eigentlich
unerträglich.
Aber wir können irgendwie nicht
voneinander lassen. Die Fenster sind bereits
beschlagen und das Auto erregt langsam die
Aufmerksamkeit der Passanten auf dem
Parkplatz.
Glücklicherweise.
Es fehlte nicht mehr viel und sie hätte auf
meinem – nackten! – Schoß gesessen.

Netty muß nun leider nach Hause und wir
trennen uns auf dem Parkplatz.
Ich Lusche habe mich trotz der schönen
Küsse nicht getraut. Nur meine Phantasie
wurde beflügelt und ist total mit mir
durchgegangen.
Netty fährt, ich gehe noch einkaufen.
Noch nie fand ich eine Kühlabteilung im

Supermarkt so toll. Die Kälte bringt auch
meine wirren Gedanken wieder aufs
Normalmaß.
Netty, die Ärmste muß im heißen Auto
fahren, das könnte ich jetzt nicht. Jedenfalls
nicht sofort.
Sie hat mich mit den Küssen so aufgegeilt!
Was für ein wundervoller Tag mit Anni, äh
Netty, oder beiden.
So viel Spaß wie heute hatte ich jedenfalls
lange nicht mehr. Selbst wenn es nur
Kopfkino war! Anni das war geil!
Es geht mir fantastisch.
Ich hatte aber auch den Eindruck, daß Netty
die intensiven Gespräche, so wie mir, auch
viel Spaß machten. Ich hoffe, wir können
das demnächst wiederholen.
Der Tag war anders, als ich gedacht hatte,
ganz anders, aber supergeil. Im wahrsten
Sinne. Danke, Netty, Du bist eine tolle Frau
und Freundin!
Solch einen heißen, anregenden
„Kaffee" will ich wieder!

Es folgt ein gemischter Tag.
Nach dem gestrigen Tag bin ich gespannt,
wie es heute wird.
Nun, es läßt sich besser an als ich dachte.
Schon am frühen Morgen bekomme ich
wieder eine Nachricht von Netty.
OK, sie hatte keine gute Nacht, aber der
Rest ist super süß. Es ist schon schön, wenn
Mann vermisst wird!
Den ganzen Tag geht es nun wieder hin und
her. Doppeldeutig, schlüpfrig und anrüchig
am Anfang. Am liebsten würde ich ihr

schreiben, wie gerne ich sie liebkosen
möchte. Daß ich mich in sie hinein
wünsche. Man macht mich alleine der
Gedanke wieder geil. Aber ich bin zu feige.
Das Wetter ist zum Abgewöhnen. Ich hätte
da eine so schöne Idee. Aber leider muß
Netty auf den Gendarmenmarkt.
Schade. Es wäre, glaube ich, ein großer
Spaß geworden sie zu treffen. Vielleicht
sogar die gedanklichen, süßen Spielchen
mit Anni von gestern in die Tat mit Netty
umzusetzen. So muß ich also baden gehen. Und was
passiert, schon wieder ist Netty in der
Leitung. Wieder wird ewig gequatscht, bis
die Leitung glüht.
Abends gehen noch ein paar Mails hin und
her, ich versuche die Lage zu entspannen.
Aber mit der letzten Mail weiß ich,
eigentlich wünschen wir uns dasselbe. Das
tut mir schon ein bisschen gut. Aber
eigentlich soll sie ja nicht leiden.
Ganz alleine war es nicht so schön, sie hat
mir aber die Zeit sehr versüßt.

Nach einem weiteren Tag ohne Netty
gelingt es mir, heute einen schönen Tag zu
gestalten. Einen sehr schönen Tag.
Bereits um drei Uhr dreißig bin ich wach.
Ewig weiß ich nicht was ich machen soll,
bis ich um fünf endlich wieder den
Morgengruß an Netty schicken kann. Leider
macht dieser Text mich so geil, daß ich
nicht mehr schlafen kann. Aber sie kann
deshalb den Tag auch nicht mehr richtig
arbeiten. Mit Worten wie:

*„Aber Mann kann sich vorher ja auch mit
den oft gereichten Biskuit-Teilchen
beschäftigen. In Italien sind es immer zwei.
Kleine reizvolle Hügel mit einer
Zuckersüßen Spitze. Es bereitet mir eine
unbändige Freude, gedankenversunken
diese süßen Hügel zu umstreichen. Nach
einer Weile führe ich sie zum Mund und
beginne sie zu lecken. Das kann ewig so
gehen. Bis ich mich eines besseren besinne
und anfange, mit den Lippen die Spitzen zu
genießen.
Wow macht das Spaß.
Ab und zu will auch die Zunge die Spitzen
berühren, bevor ich ganz, ganz zärtlich
anfange, daran zu knabbern.
Alleine dieser Gedanke macht mir richtig
große Lust. Auf einen schönen, heißen
Kaffee mit Dir. Ich wünsche Dir einen
fantastischen Tag. Sei allerliebst gegrüßt
und geküsst."*
habe ich sie wohl verwirrt!
Mein Plan für heute, ich besuche sie
überraschend im Büro. Glücklicherweise
frage ich vorher nach.
Es klappt nicht, sagt sie. Schade.
Aber ich schaffe es trotzdem, sie heute noch
zu treffen.
Das ist ja geil.
Ich fahre also erst mal schnell einkaufen.
Dann geht es zum Volkspark Ruhfelde.
Dort treffen wir uns auf einen leckeren
Kaffee. Und kaum sitzen wir zusammen,
geht die Phantasie wieder mit mir durch.
Ich glaube, ich sollte das Trinken aufgeben.

Sekt oder Kaffee
Ich sehe vor meinem geistigen Auge, daß es
mit dem Kaffee wieder nix wird.
Dafür habe ich etwas Sekt dabei und kaum
daß ich bei Anni im Auto sitze, geht das
Geknutsche schon wieder los.
Nach kurzer Zeit ist klar, wir gehen erst mal
auf die Rückbank, genießen den Sekt und
dann sehen wir, was kommt.
Vielmehr wer.
Küssen, Trinken und immer intimere
Berührungen führen schnell dazu, daß ich
nackt bin, während Anni nur noch die
offene Bluse trägt.
Wieder kann ich ihren schönen Nippeln
nicht entsagen. Sie streichelt mich sanft in
den Wahnsinn, um dann zärtlich mit ihren
Lippen meinem harten Mann zu
schmeicheln. Das wird also höchstens
Kaffee Französisch. Und dann spüre ich
langsam, wahrscheinlich auch mit Schuss!
Ich weiß mittlerweile warum ihr Schwager
immer Hexe zu Anni sagt. Sie kann zaubern.
Sie verwandelt mickrige Äste in große
Bäume. Ich halte es nicht mehr aus. Soll sie
sehen was sie davon hat. Ich ziehe ihren
Mund zu mir hoch. Unter dem Vorwand sie
küssen zu wollen bringe ich sie dazu, sich in
meinen Schoß zu setzen.
Ja, daß geht nicht so einfach. Mein harter
Mann hat nur auf sie gewartet und dringt
nun langsam in sie ein.
Ooooh was für ein Gefühl, als ihre Lippen
mich umschließen und ich in ihrer
Liebesspalte versinke. Und das ganze
nimmt kein Ende. Keiner will aufhören.

Eine unglaubliche Ewigkeit darf ich ihre Weiblichkeit genießen. Ist das geil! Irgendwann ist es vorbei, ich kann nicht mehr. Noch ein paar zärtliche Küsse und Streicheleinheiten, dann brechen wir endgültig auf.

Unzählige Tassen Kaffee später, trennen
sich die Wege von Netty und mir wieder.
Nach den intensiven Gesprächen zieht jeder
seines Weges und fährt nach Hause.
War das schön und interessant! Morgen
bitte wieder!

Und heute wird's noch besser, bestimmt!
Vormittags bringe ich Helene in die Schule.
Anschließend geht's nach Hause.
Ein paar Telefonate mit Freunden, ein paar
SMSsen mit Netty.
Nun habe ich eigentlich nicht mehr viel vor.
Für einen guten Whiskey ist es aber selbst
mir noch zu zeitig. Da fällt mir ein, ich
habe früher zum chillen immer Tee
getrunken. Eine ganze Kanne, über
Kopfhörer Musik gehört und die Welt
konnte mich. Das klingt doch gut!
Also schnell in die Küche und Wasser
aufgesetzt. Im Teeschrank warten ein paar
gute Sorten.
Eine halbe Stunde später gebe ich mich
dem Tee hin. Die Musik tut ihr übriges und
die Erinnerung an den Tagtraum von
gestern beflügelt mich. Ich beginne
abzugleiten.

Heiße Teestunde
*Ich stelle mir vor, wie ich gegen Mittag
losfahre. Ich besorge noch Blumen.
Dann verschwinde ich nach Berlin und
kümmere mich um das Hotelzimmer, in dem
ich heute Anni treffen will. Sie weiß von
nichts, sie denkt wir treffen uns nur auf
einen Kaffee. Ein bisschen wild Knutschen
in einem Café. Maximal eine Auto –
Nummer wie gestern.
Ich checke ein und bereite alles für ihren
Besuch vor. Der Champus wird kalt gestellt. Die
Blumen werden verteilt. Ein schöner
Rosenstrauß kommt auf den Tisch. Eine
einzelne Rose kommt auf das Bett, auf Ihr
Kopfkissen. Der Rest der Zimmer wird mit
Rosenblüten bestreut. Ich mache alles
schick. Mal sehen, ob's gefällt. Ich denke,
so könnte man bei einer Frau ihrer Klasse
Eindruck schinden.
Dann spaziere ich durch den angrenzenden
Park zum Treffpunkt.
In einem Café lasse ich mich nieder und
warte auf Anni.
Als sie sich endlich meldet, stellen wir fest,
wir warten an unterschiedlichen Orten
aufeinander. Glücklicherweise, sind sie
nicht so weit auseinander.
Nach fünf Minuten treffen wir uns endlich.
Sie ist völlig fertig. Sie hatte eine Menge
Ärger im Büro.
Ich kümmere mich sofort um sie.
Ein paar nette Worte, eine kleine Massage
(von Seele und Nacken, später von Zunge
und Po) und ihre Stimmung hebt sich.*

*Obwohl ich alleine bin, hebt sich bei dieser
Vorstellung auch meine Stimmung sichtbar!
Als wir im Hotel sind, geht es sofort wieder
los. Im Flur umarmen wir uns innigst.
Meine Hände tasten sie sofort ungeniert ab.
Die Hand verschwindet schnell in ihrem
Schritt und wir küssen und küssen uns.
Dann entdeckt sie die Blumen und ist hin
und weg.
Das kennt sie nur aus Erzählungen.
Betrunken von diesem Anblick läßt sich
Anni den Champus schmecken und von mir
ausziehen. Ganz langsam.
Erst das Kleid öffnen. Mit viel Gefühl
umspiele ich ihre schönen Brüste, bis der
BH fällt. Was hat sie für einen geilen String
an! Leider muß auch er fallen, ist er doch
meiner Zunge im Weg, die ihre Lustspalte
erforschen will.
Sie läßt sich aufs Bett fallen und spreizt
langsam die Beine. Ich liebkose ihr
Kätzchen gefühlvoll mit Zunge und Fingern.
Dann beginnt sie, mich freizulegen. Und im
Nu nimmt sie meinen Mann zwischen ihre
Lippen und streichelt ihn sanft mit der
Zunge und den zarten Fingern. Ballspielen
beherrscht sie perfekt!
Ihre Hände sind überall und bald bin ich
über ihr, um kraftvoll in sie einzudringen
und sie zu benutzen, wie nur ein Mann eine
Frau zu benutzen vermag. Sie bebt bald
unter mir und nimmt jeden Stoß mit einem
freudigen Wimmern mit. Das könnte ewig so
gehen, aber irgendwann verlassen auch
mich die Kräfte und ich sinke erschöpft
neben ihr in die Kissen.*

*Sie ergreift sofort die Chance, mich wieder
zärtlich streicheln zu können. Ich genieße
die Pause, während wir in ein gemütliches
Gespräch abgleiten. Nach kurzer Zeit
beginnen wir jedoch wieder uns den
liebesbedürftigen Körperteilen zu widmen.
Sie kniet sich über mich, so daß ich mit der
Zunge in ihre Lustspalte eindringen kann,
während sie meinen Zauberstab groß
werden läßt. Lange halte ich ihre
Forderung, die sie mit den Lippen so
vehement vorbringt, nicht stand und fühle
mich ganz langsam in sie ein.
Ganz langsam. Immer tiefer und immer
wieder zustoßend. Ooooh sie genießt.
Genau wie ich. Was für eine großartige
Frau. Wie sie mich umschlingt, mit ihrer
feuchten, warmen, engen Liebesspalte.
Unglaublich. Warum habe ich so lange
gewartet?
Dieses Gefühl habe ich so lange nicht
erlebt und genossen.
Anni, was ist das geil mit Dir.
Danke, daß ich das erleben darf!*

Viel zu schnell geht die Zeit vorbei. Viel zu
schnell ist der Tee alle und die leere Tasse
zeigt an, daß ich mich sinnvolleren Sachen
widmen sollte, als mich mit schwülstigen
Phantasien aufzugeilen. Ok.
Ich öffne den Laptop und suche mir eine
Seite im Netz, die mir hilft, die starke
Anspannung zu lösen. Jetzt zwischen
Netty's Schenkel zu gleiten wäre mit
Sicherheit viel angenehmer als von meiner
Hand versorgt zu werden. Betrachten wir es
als erste Hilfe.
Vielleicht schaffe ich es irgendwann, Netty
so zu betören, daß sie sich mir hingibt.
Nicht immer nur Quatschen. Und selbst
dafür muß sie ausbrechen. Nur um mir ihr
Herz auszuschütten. Das ist doch Scheiße!
Trotzdem freue ich mich, daß ich sie habe,
Denn so heiß ist der Kaffee bei Netty zu
Hause auch schon lange nicht mehr, aber
trotzdem, sie ist verheiratet.
Unten in der Küche erwarten mich
mittlerweile Hermine, meine Ex, und Mel,
eine gemeinsame Freundin. Das ist wie eine
kalte Dusche. Also eigentlich ist Mel ganz
nett, aber nicht mein Typ.
Aber dann Hermine!
Wäre ich nach der Phantasie erregt in die
Küche gegangen, wäre schlagartig Schluss
mit der Geilheit gewesen. Hermine törnt
mich inzwischen echt ab.
War schon gut, daß ich mir im
Herrenzimmer noch einen runtergeholt
habe. So ist Mann besser entspannt.
Obwohl. Mel hat was merkt. Sie fragt
gleich, ob ich was erzählen möchte. Da ich

darüber hinweg gehe, hat sich das Thema
aber gleich wieder erledigt. Schwein
gehabt. Ich habe keinen Bock einer
„Fremden" meine Masturbationsphantasien
mitzuteilen.
Da zimmere ich lieber schnell einen
Tomatensalat mit viel Knoblauch. Vielleicht
lenkt der starke Geruch Mel's weibliche
Neugier ab.
Wir essen ihn gemeinsam und quatschen
belangloses Zeug, dann ist der Tag auch
schon rum.
Ein sehr geiler Tag, mit vielen
Anstrengungen, die aber fürstlich belohnt
wurden. Jede Minute mit Anni heute, war
der Hammer, auch wenn es nur im Geiste
war.
Danke für diesen super Tag.

Ohne Anni sind die nächsten Tag zäh wie
Kaugummi. Am besten, man spuckt sie
schnell aus und vergisst sie. Ich sehne mich
nach ihr.
Die SMSsen, Telefonate und Mails mit
Netty haben mir vor ein paar Tagen noch
gereicht. Jetzt vermisse ich ihren – also
Annis fiktiven – Körper.
Obwohl ich mir das Liebkosen nur einbilde,
ist es hart, wenn ich nicht mal dazu komme,
sie mir im Geiste vorzustellen.

Freitag der 13., was wird da wohl wieder
passieren?
Der Tag beginnt unspektakulär. Es wird ein
bisschen gepackt und der Urlaub
vorbereitet. Es ist nicht wirklich viel Zeit.

Ich muß noch zur Bank, zum Finanzamt, in
die Kita, eine Brille holen und zur Schule
meiner älteren Tochter.
Viel wichtiger ist aber, ich will noch einen
Abschiedskaffee trinken.
Also wenn ich ehrlich bin, würde ich mich
mit Netty lieber auf eine Abschiedsnummer
treffen! Also die erste Nummer mit Netty,
die aber wegen meinem bevorstehenden
Urlaub auch einen einwöchigen Abschied
einläuten würde. Einläuten? Meine und ihre
Glocken im Takt? – Boooh, was bin ich für
ein Schwein. Aber es macht verdammt viel
Spaß, so zu denken. Daher passiert, was
passieren muß.
Um dreizehn Uhr breche ich auf. Ich bin
zwanzig Minuten zu früh da. Nicht so
schlimm, dann kann ich noch ein wenig
entspannen.
Netty kommt. In meinen Gedanken quasi
das erste Mal an diesem Tag.
Also ich meine, nur wenige Minuten später
ist sie auch schon da.
Im Laufe des Tages hatte sie mir mitgeteilt,
daß es ihr sehr schlecht geht.
Als ich sie sehe, bin ich froh, nicht abgesagt
zu haben. Ihr geht es wohl etwas besser.
Jedenfalls gehen wir auf ein Eis erst mal in
ein Gartenlokal. Das Gespräch dabei ist
sehr anregend und intensiv. Und in meinem
Kopf bleibt es nicht lange beim Sprechen.
Bald sucht meine Hand Anni's Brust,
während sie bereits meinen Schritt massiert.
Wenn wir beim Küssen die Kellnerin nicht
bemerken, wartet diese milde lächelnd, bis
wir sie wahrnehmen.

Es macht wirklich Spaß, mit Netty
Probleme zu wälzen. Da bekommt Mann
Lust auf mehr. Das bereitet mir zunehmend
Probleme. Ich bin so geil auf sie, traue es
mich aber nicht, Netty das zu zeigen oder
zu gestehen. So stelle ich mir während des
Gespräches vor, wie wir uns nach dem Eis
zu einem kurzen Weg in den Park
entschließen.
Es dauert aber nicht lange und wir finden
uns im Auto wieder, um übereinander
herzufallen. Ich reiße Anni die Kleider vom
Leib und falle über sie her. Obwohl, viel
steht sie mir nicht nach.
Mann was ist das geil. Ganz genüsslich
wird der stramme Kerl mit Lippen und
Zunge aufgenommen und ich in den
Wahnsinn „massiert" Als ich nicht mehr
kann, verschwinde ich tief in ihr.
Ganz langsam und genüsslich reitet sie uns
dem Höhepunkt entgegen. So ist es kein
Wunder, daß wir nach kurzer Zeit beide
kommen. Was für Gefühle. Anni, Du kennst
gute Cafés, hier kann Mann leben!
Für einen unendlich langen Moment ist der
bevorstehende Abschied vergessen.
Leider kommt die Erinnerung bei mir
irgendwann zurück.
Netty und ich sitzen nebeneinander im Café
und müssen uns nun schweren Herzens
trennen. Wenn ich Netty so in die Augen
sehe, bin ich mir nicht sicher, ob sie gerne
Anni gewesen wäre.
Diese wunderschönen, tiefen und doch
undurchsichtigen Augen. Was um Himmels
willen willst du?

Die letzte Woche mit Anni und Netty war traumhaft geil. Es ist brutal, so herausgerissen zu werden. Ich hoffe sie stehen es durch.
Ich hoffe ich stehe es durch!
Ich werde sie sehr vermissen.
Beide.

Der letzte Urlaub

Der „große" Tag folgt auf dem Fuß.
Heute geht es in den letzten Urlaub mit
Familie.
Angesagt ist zehn Uhr abfahren.
Naja, nach dem Brötchen holen früh um
acht, lasse ich dann die Mama (Hermine)
durch die Kids mal wecken. Vielleicht
schaffen wir es dann noch irgendwie.
Es gibt also Frühstück. Danach kann Papa
die ganze Truppe ständig durch die Bude
jagen, damit es vorwärts geht.
Echt super.
Um zehn Uhr dreißig sitzen dann langsam
alle im Auto, das Papa im strömenden
Regen beladen hat. Man könnte denken, in
den Urlaub zu fahren ist die größte Strafe
des Herrn. So gucken sie – also besonders
Hermine – mich an.
Nun geht es jedenfalls los.
Wir fahren bis gegen fünfzehn Uhr. Dann
sind wir da. Der Regen hat mittlerweile
aufgehört.
Wir beziehen ein drei Zimmer –
Appartement. Mit großzügigem Bad und
schöner Küche. Mit der richtigen
Begleitung, spontan fällt mir da Anni ein,
wäre es ein Traum.
Ich bin hundemüde, alle anderen haben
während der Fahrt gut geschlafen. Aber ich
lade, natürlich trotzdem gerne, noch den
Wagen aus. ALLEINE ! Klar.
Anschließend schreibe ich ein paar SMSsen
mit Netty. Danach will ich zwanzig
Minuten ausspannen, bevor wir Einkaufen

fahren.
Als sich nach 40 Minuten immer noch
nichts tut, beim Einschlafen, da nebenan die
Kinder freidrehen, sehe ich mal nach. Na
wenigstens Madam schläft! Toll!
Hätte ich auch gerne getan! Ging aber
wegen dem Krach nicht.
Stattdessen darf ich alleine einkaufen. Naja
alleine stimmt nicht, mit den Kindern. Dann
kann sie in Ruhe weiter pennen!
Der Einkauf ist, zumindest für jemanden
der müde ist, eine Tortur. „Gut
erzogene" Kinder und lauter Touri's in
einem kleinen, völlig überfüllten Laden!!!
Hölle!
Auch diese ist irgendwann überstanden. Wir
kommen ins Quartier zurück.
Immer noch keiner wach. Toll. Mache ich
das Abendbrot auch noch alleine fertig.
Naja, wenigstens zum fertig bereiteten
Essen kommt sie noch pünktlich. Frau hat
halt das richtige Timing für wenig Streß.
Danach geht's noch kurz auf die Seebrücke
und für alle gibt's ein Eis.
Dann verschwinden die Damen im Bett und
ich kann in Ruhe baden und den Abend
genießen.
Ach ist das schön!
Jetzt bin *ICH* im Urlaub!

Der 1. Urlaubstag.
Wir gehen am Strand spazieren. Dabei sind
wir eingepackt wie die Eskimos.
Zumindest, wenn man die Leute sieht, die
teilweise im Wasser sind. Es ist zu kalt,
befand Hermine. Wir haben also nicht mal

die Schuhe ausgezogen. Dementsprechend
mühsam ist das Laufen. Wir geben bald auf
und ziehen uns an einen Stand mit
Bratwurst und Pommes zurück. Als wir die
Kinder dann noch Karussell fahren lassen,
ist der Tag für sie perfekt. Warum fahren
wir weg?
Zwischenzeitlich schreibe ich ein paar
Gedanken zu einem Strandspaziergang auf.
Dann machen wir Mittagspause.
Nach dem Mittagsschlaf entschließen wir
uns, richtig an den Strand zu gehen.
Bald darauf laufen wir ohne Schuhe am, die
Kinder sogar *IM* Wasser.
Schnell wird es Hermine aber zu bunt. Nun
geht es wieder zurück. An der Seebrücke
gibt es für alle ein weiteres Eis. Langsam
muß ich an meine Figur denken!
Danach treten wir in großem Bogen durch
den Ort den Heimweg an.
Eigentlich war der Tag recht schön.
Die Kinder baden noch. Dann kehrt
langsam Ruhe ein. Hermine liest ihnen vor,
während ich das Wasser der Eckbadewanne
genieße und an meinen Schatz, an Netty,
denke.
Sie fehlt mir jetzt hier.
Diese Wanne ist so schön groß. Gemacht
für zwei Liebende. Für Zwei, die nur
hemmungslose, körperliche Nähe im Kopf
haben. Gemacht für Netty, fast noch eher
Anni, und mich!
So müssen die zahlreiche Nachrichten
reichen, die meinen Tag immer wieder
erheitert haben. Danke, mein Schatz.
Abends klingt der Tag am Rechner, vor dem

Fernseher aus, fast wie zu Hause. Der Tullamore plätschert ins Glas, dann fasse ich noch die Gedanken zum Strandspaziergang zusammen und schreibe sie richtig nieder.

Strandspaziergang

Ich gehe den Strand entlang. Um mich herum Kinder, Männer und Frauen. Die meisten Frauen zu jung, zu stabil, mit kräftigen Orangen an den Schenkeln oder auf dem Bauch. Wer will das? Verzweifelt schaue ich mich um. Da, oben an der Düne. Ein Strandkorb ist zur Düne gedreht. An der Seite schaut schemenhaft das hübsche Antlitz einer jungen blonden Frau hervor. Sie winkt mit dem Finger. So wie bei Hänsel und Gretel. Eine Hexe? Hier? Wir sind doch nicht im Harz! Und ich bin kein Weichei!!! Das will ich sehen. Mutig gehe ich auf den Strandkorb zu. Es wird immer einsamer, aber das merke ich nicht.

Gleich bin ich da.

Der 1. Blick über die Seitenwand des Korbes hätte mich warnen sollen. Aber ich wollte es nicht wahrhaben.

Der Blick zeigt zwei schöne lange Beine. Sie tragen keine Schuhe. Sie werden auch nicht durch Strümpfe verhüllt. Je weiter ich herumgehe, kann ich ihnen weiter nach oben folgen. Ein Bein ist angewinkelt und so kann ich bald sehen, was die äußerst attraktive Frau, unter dem leichten blauen Sommerkleid trägt. Das abgewinkelte Bein hat das Kleid bereits weit hoch geschoben.

*Der leichte Sommerwind tat den Rest. Der
Slip ist lila. Seidig schimmert er in der
Sonne und die leichten Verzierungen
machen ihn nur Reizvoller.
Reizvoll ist auch der Rest, den ich sehe. Ein
wunderschönes Gesicht von einer Frau, die
nur knapp über dreißig scheint. Sie versucht
sich schlafend zu stellen. Mustert mich aber
bei jeder Gelegenheit.
Die Brüste sind nicht übermäßig groß,
scheinen aber schön und straff zu sein. So
wie ich es mag. Etwas zum Anfassen. Aber
nicht zu viel.
Sie ist schlank, gut trainiert. Ich wage es
und schiebe das Kleid vorsichtig weiter
hoch. Und sofort passiert es. Sie bewegt
sich und erwacht???
Nein, sie bewegt sich nur. Doch sie erwacht
nicht. Sie ist nur etwas hinunter gerutscht
und das abgewickelte Bein ist zur Seite
gekippt. Abgesehen vom Slip liegt ihre
Scham jetzt offen vor mir mit gespreizten
Beinen. Und sie stellt sich immer noch
schlafend. Aber auch wenn sie blond ist,
muss sie eine Hexe sein. Mit einem
seltsamen Zauber. Ich merke, wie in meiner
Hose etwas grösser und härter wird. Ich
ziehe Hose und Slip aus. Dabei sehe ich
ihre leicht geöffneten Lider. Es scheint ihr
Spaß zu machen, meine erregte
Männlichkeit zu sehen. Ich kann jetzt nicht
mehr anders. Vorsichtig greife ich nach dem
seidigen Stoff und beginne zärtlich zu
streicheln, was sich darunter versteckt. Es
fühlt sich weich an. Sie ist rasiert. Ich
streichele direkt ihre Spalte. Jedoch nicht*

*lange, dann drücke ich mit dem Finger
etwas tiefer hinein. Auch das weckt sie
nicht, jedenfalls nicht sichtbar. Sie fängt
aber an, schwerer zu atmen.
Ich schiebe den Slip mit dem Finger zur
Seite.
Eine prachtvolle Scham lächelt mich an.
Ich versenke meinen Finger darin und
bemerke wie sie es genießt. Leichtes
Stöhnen und schweres Atmen rufen nach
mehr.
Nun, wenn das wirklich ihr Wunsch ist.
Ich ziehe meinen Finger langsam aus ihrem
Lustgraben und nehme jemanden, der
offensichtlich auch bisher Spaß daran hatte.
Er ist hart und groß. Mit einer Hand halte
ich den Slip zur Seite, der andere hilft
meinem harten Freund langsam in sie
vorzustoßen.
Was für eine Frau! Was für ein Gefühl!
Bereitwillig umschließt sich mich und
genießt sofort den festen Eindringling.
Sie genießt den festen Eindringling sichtlich
und hörbar. Das Atmen wird immer
schwerer.
Immer tiefer dringe ich in sie ein. Langsam,
gefühlvoll, aber kraftvoll. Sie lächelt.
Langsam beuge ich mich vor und küsse sie.
Erst sanft Lippe auf Lippe. Dann will auch
meine Zunge mehr von ihr. Und sie gibt es
bereitwillig. Sie öffnet den Mund und
unsere Zungen umspielen sich. Meine
Zunge schiebt sich immer wieder in ihren
Mund. Und wieder reagiert sie heftig. Sie
genießt alles. Sie nimmt alles mit. – Was für
eine Frau!*

*Ich bekomme keine Luft mehr und muss das
Küssen beenden.
Dafür nehme ich mir ihre Brüste, die sie mit
dem Ausziehen des Kleides mittlerweile
entblößt hat. Mann sind die scharf. Jede
nur eine Hand groß aber fest wie bei einem
jungen Mädchen. Und die Brustwarzen.
Der Wahnsinn. Richtig hart. Eine
Einladung für jede Zunge. Mann ist das ein
Spaß damit zu spielen! Hin und her drückt
die Zunge erst die eine, dann die andere
Brustwarze. Immer wieder wird das Spiel
unterbrochen und die Lippen klemmen sie
zärtlich ein und ziehen vorsichtig daran.
Sie kann bald nicht mehr. Aber das ist mir
egal. Ich bin ein Mann, ein Schwein. Ich
denke nur an mich. Ich stoße immer
schneller zu. Ich will kommen.
Doch Sie denkt nicht daran. Sie will
genießen. „Sanfter" stöhnt sie und bringt
mich gleichzeitig mit ihrer süßen Stimme
um den Verstand und dazu ruhiger zu sein.
Sie belohnt mich, in dem sie kommt. Sie
umklammert mich mit Armen und Beinen
und bäumt sich dabei auf. Ihre Finger
krallen sich in meinen Rücken, während sie
sich komplett an mich schmiegt. Sie will
mich spüren. In sich und um sich. Ich halte
kurz aus und beginne dann wieder schneller
zu werden.
Kurz darauf ergieße ich mich in sie,
während meine Lippen wieder die ihren
berühren und meine Zunge die ihre wieder
und wieder umschlingt.
Mann was ist das schön.
Ewig könnte ich so verharren, aber leider*

ist es auch mit meiner Kraft irgendwann zu Ende. Ich muss sie verlassen. Nicht jedoch, ohne einen weiteren innigen Kuss und eine neuerliche Runde mit der Zunge um ihren Busen.

Erschöpft sinke ich neben ihr auf den freien Platz. Sie lässt mich gewähren. Gibt mir noch einige müde aber süße Küsse und streichelt liebevoll meinen müden Krieger. Es hat ihr wohl ein ganz kleines bisschen gefallen.

Dann schlafe ich erschöpft ein.

Als ich erwache ist sie weg.

War das alles nur ein Traum?

Nun, ich bin immer noch nackt, dann war das wohl doch kein Traum?

Tag 2 vom Urlaub.
Wider Erwarten starten wir heute wieder
mit Sonnenschein.
Papa kann also gleich früh Brötchen für die
Damen holen.
Anschließend macht er das Frühstück und
den Tisch fertig. Dann muß ich es erst mal
meiner Liebsten Netty am Telefon
besorgen. Leider nur am Telefon.
Die Damen beginnen währenddessen mit
dem Frühstück.
Danach geht es am Strand, richtig im
Wasser – also mit den Füßen – bis nach
Aarburg. Dort gibt es Mittag in einem etwas
besseren Imbiss. Nicci wird müde. Also
zurück. Sie wird immer langsamer, will sich
aber nicht tragen lassen.
Die Quittung kommt bald. Wir kommen in
einen kurzen aber sehr heftigen
Gewitterguss. Alle sind wir bis auf die
Knochen nass. Ca.200m vor dem Quartier!
Scheiße.
Also heißt es, alles ins Bad hängen.
Die müde Nicci ist wieder munter und nur
die Eltern schlafen, getrennt, den Schlaf der
Gerechten.
Allerdings schläft Hermine besser, sie ist
halt gerechter!
Ich bin nur ein mieses Männerschwein –
und zu nix zu gebrauchen! Das sagt sie
zwar nicht, aber zeigt sie mir ständig.
Ich werde von den Kindern wach gehalten
und muß ihnen dann irgendwann klar
machen, daß man mit den am Strand
gesammelten Muscheln nicht alles einsauen
darf. Eine dankbare Aufgabe. Zeitgleich

wasche ich ab, räume die Küche auf und
koche Kaffee.
Die Mittagspause hatte sich schon lange
erledigt für mich.
Dann ruft mein Engelchen wieder an und
wir plauschen kurz. Was ist das schön, von
Erzählungen immer wieder so erregt zu
werden. Meine Geschichte von gestern hat
ihr wohl gefallen. Sie wäre manchmal gerne
eine Hexe.
Aber irgendwann müssen wir aufhören.
Netty will noch einkaufen, die Kinder
wollen nochmal an den Strand.
OK, den Strand können wir abbiegen. Dafür
gibt es wieder Eis. Heute, schweren
Herzens, nicht für Papa.
Nach einem kurzen Rundgang durch den
Ort, sind wir wieder im Quartier.
Hier darf ich mir anhören, daß ich ja so
aggressiv bin.
Naja, wer nichts macht, macht nichts
verkehrt. Nach dem Motto scheint sie ja
hier zu leben. Frau ruht sich hier gut beim
SMSsen aus!
Blöde Kuh! Auch ich habe Urlaub! Die
Tatsache, daß ich schon alles bezahle, heißt
nicht, daß ich alles machen muß!
Die Kinder verschwinden wieder in der
Wanne. Natürlich hat *Papa* vorher noch ein
Abendbrot gezaubert.
Danach wäscht *er* noch ab und baut dann
endlich etwas Leckeres für sich zusammen.
Anschließend bade ich wieder und schreibe
gleichzeitig schöne Nachrichten an die
einsame Netty. Nach einer herrlichen
Stunde im Wasser bereite ich mir den

Abend vor. Mit Bierchen, Salat, Fernsehen,
Laptop. Auch der Single Malt steht bereits
in greifbarer Nähe.
Was Mann so wirklich braucht, ein tolle
Frau, ist ja leider nicht da.
Aber es dauert nicht lange und das
Schätzelein ruft an. Ewigkeiten später wird
das Telefonat abrupt unterbrochen.
Nicci hat Magenbeschwerden. Nach den
ersten hilflosen Versuchen diese zu lindern,
übergibt sie sich in die Eimer, die Papa –
glücklicherweise – gleich als erstes
besorgte.
Kurz darauf ist das, wieder aufgenommene,
Telefonat dann wirklich beendet. Ich muß
mich nun auch um die Große kümmern.
Doch kaum kommt sie aus dem Bad, geht
es ihr wieder besser und keine 5 Minuten
später schläft sie wieder. Leider wurde der
Telefonsex, kurz vor dem Höhepunkt
unterbrochen. Ein klassischer Koitus
Interuptus!
Scheiße!
Madam hat von all dem nix bemerkt. Sie
hat ja Urlaub und daher gelesen, geSMSt,
telefoniert oder sonst was gemachen.
Bleibt mir also wieder nur die Fantasie.

Rettungsboot

Ich habe heute ein kleines Boot geentert.
Sein Besitzer hat es draußen liegen lassen.
Ein ganz kleines Boot.
Noch während ich mich mit der Bedienung
vertraut mache, treibt plötzlich eine
Blondine heran. Sie sieht gut aus. Und sie
ist nackt! Es sieht so aus, als würde sie
treiben. Oder hat sie mich gesehen und
spielt ťoter Mann?
Nun gut, es ist egal, ich muss sie retten.
Mit kühnem Sprung hechte ich ins Wasser.
Leider verliere ich dabei den Slip. Egal.
Mit wenigen Zügen bin ich bei ihr. Ich
schwimme von hinten heran und
umklammere sie mit einem Arm unterhalb
der Brüste. Mann fühlen die sich gut an.
Trotz der Kälte spüre ich sofort Leben dort
wo meine Badehose sein sollte.
Ein Rasseweib! Beim Schwimmen unter ihr,
stößt mein harter Freund immer wieder an
sie an. Was muss das für ein Gefühl sein, sie
wirklich gewollt und innig zu berühren?
Als durchtrainierter Kerl schaffe ich es fast
in der gleichen Zeit zurück zum Boot.
Ich klettere den Hintereinstieg hinauf.
Dabei habe ich das Gefühl, das gierige
Augen mich beobachten.
Sofort danach hole ich sie herein und lege
sie auf den Rücken lang hin.
Jetzt begreife ich ihre ganze Schönheit.
Geschmackvoll gefärbte blonde Haare. Ein
wunderschönes Gesicht, Mitte Dreißig,
würde ich sagen.
Die Brüste fest und straff, aber pure Natur.
So groß wie meine Hand, das passt! Sie ist

*sehr schlank und hat sehr gut trainierte
Beine. Der Po muss der Wahnsinn sein. Sie
ist rasiert und bietet mir, durch die leicht
gespreizten Beine, bereits einen sehr
erregenden Blick auf ihre sehr pralle Frau.
Himmel hilf!
Als erstes steht jedoch die Wiederbelebung
auf dem Programm.
Ich knie mich über ihren Arm und beuge
mich zu ihrem Gesicht herunter.
Meine Lippen berühren die Ihren und mir
wird sehr schnell bewusst, daß dies hier
eine sehr lebendige Frau ist.
Kaum haben sich unsere Lippen berührt,
lässt sie mich bereits die Dankbarkeit für
die Rettung spüren. Ihre Lippen öffnen sich
und bieten Platz für meine Zunge. Diese
nutzt ihn sofort und dringt begierig in ihren
Mund ein. Ihr Arm umfasst meinen Kopf
und hält mich auf ihren Lippen fest. Das
wäre unnötig, aber es ist trotzdem schön,
dieses Verlangen zu spüren. Ihr Atem wird
schwerer und jeden Vorstoß der Zunge
genießt sie sichtlich. Sie genießt es nicht
nur. Es macht sie regelrecht an. Das spüre
ich durch ihre zweite Hand über der ich
knie.
Sie greift nach meinen Hoden und knetet sie
ganz zärtlich. Dann geht sie weiter.
Streichelt den bereits harten Schaft und
beginnt ihn mit der Hand zu umschließen.
Sie bringt mich mit rhythmischen
Bewegungen der Hand fast zum Wahnsinn.
Ich will mich revanchieren und beginne mit
der Hand ihre Brüste zu streicheln. Ich
streiche ganz vorsichtig in enger werdenden*

*Kreisen mit den Fingerspitzen von außen
nach innen mehrfach über jede Brust. Ihre
attraktiven Brustwarzen recken sich bereits
fest in die Höhe. Ich spiele ganz kurz mit
ihnen, bevor meine Lippen von den ihren
ablassen.
Doch gleich wenden sie sich ihren steifen
Nippeln zu. Was für ein Genuss. Ich ziehe
und sauge an ihnen, bevor die Zunge
beginnt mit ihnen zu spielen.
Langsam dreht sie sich jedoch mit dem
Gesicht zu meiner Männlichkeit.
Jetzt fängt sie an.
Sie umschließt meinen Mann mit ihren
Lippen und geht dann gefühlvoll auf und
ab. Oh Mann was für eine Frau! Ich muss
mich beeilen sie einzustimmen.
Ich wende mich mit Freude ihrer Frau zu.
Als ich mit der Zunge langsam über den
Bauchnabel in Richtung Scham wandere,
öffnet sie ihre Schenkel deutlich. Sie
erwartet mich.
Langsam beginne ich ihren Kitzler zu
lecken und abzusaugen. Was ein
Geschmack! Was ein Geruch! Was eine
Reaktion! Auch sie saugt stärker an mir und
außerdem presst sie sich bebend an mich.
Die Zunge wandert weiter nach unten und
teilt ihre Schamlippen. Sie tut dies nur, um
in sie möglichst weit einzudringen.
Allerdings wiederhole ich dies öfter. Sie
quittiert mit immer heftigeren Saugen und
Züngeln an Penis und Hoden. Ich halte es
nicht länger aus und drehe mich. Mein
Gesicht befindet sich wieder über ihrem.
Mein harter Freund schiebt sich immer*

*wieder über ihre Lustspalte bis zum Kitzler,
so daß auch meine Hoden sie drücken.
„Komm endlich rein" flüstert sie in mein
Ohr. Ein Wunsch, dem ich äußerst gerne
nachkomme.*

*Manchen Wünschen kommt Mann sehr
gerne nach.*

*So auch diesem. Ganz langsam dringe ich
immer tiefer in diese faszinierende Frau
ein. Sie bebt immer mehr und der schwere
Atem steigert sich zu einem leisen Stöhnen.
Ist das schön, eine Frau so glücklich unter
sich zu sehen. Kraftvoll stoße ich immer
schneller zu. Doch diese sanfte Brutalität
scheint ihr zu gefallen. Sie schmiegt sich
eng an mich und steuert durch das Öffnen
und Schließen ihrer Schenkel meinen
Rhythmus. Ich dränge immer stärker. Bis
wir beide den Gleichklang gefunden haben.
Ich ergieße mich in sie mit kräftigem
Spritzen. Sie umklammert mich mit Armen
und Beinen. Drückt sich ganz fest an mich
und stöhnt herzzerreißend. Sofort danach
beginnt sie mich leidenschaftlich zu küssen,
was ich gerne annehme.*

*Es fühlt sich an wie eine Ewigkeit, die wir
so verharren. Es war mit eine der schönsten
Ewigkeiten, die ich je erleben durfte.*

Tag 3 vom Urlaub. Nach Nicci's Intermezzo in der Nacht (kotzen wie blöd), muß die nicht vorhandene Tagesplanung natürlich umgestellt werden. Es gibt also Mittag im Quartier. Davor gehen wir, weil wider Erwarten und Vorhersagen, wieder recht gutes Wetter ist, an den Strand. Die Kids können hier mal nach Herzenslust buddeln und am Wasser planschen. Jedenfalls solange Mama nur in der Sonne liegt und Papa telefoniert. Kaum ist Papa fertig, dreht Mama schon wieder am Zeiger, von wegen losgehen und schnell einkaufen und keine Ahnung was. Hunger hat hier eigentlich keiner und einkaufen darf sie auch schon alleine. Sie ist ja doch schon über 30! Bei schönstem Sonnenschein haben die Kinder und ich echt keinen Bock darauf! Naja, ich bekomme sie, nach schier endloser Diskussion, dazu, daß sie alleine Kartoffelpüree holt und das Mittag fertig macht. Es ist dann immerhin der 1. Beitrag von ihr zum Urlaub. Hoho! Keine Angst, ich gebe ihr Geld mit, ich will sie nicht überfordern. Ich bleibe mit den Kiddies noch etwas am Strand und dann gehen wir direkt ins Quartier. Wir kommen zwar fünf Minuten nach der vereinbarten Zeit an, aber das Essen ist nicht wirklich fertig. Stattdessen ist sie mit Abwasch und telefonieren beschäftigt. Ich bekomme daher auch gleich die

Anweisung, mich um die halb verbrannten Bratwürste zu kümmern und diese zu retten!

So liebe ich kochen! Rette den Scheiß, den andere verzapft haben!

Vor Frust esse ich so viel, daß ich im Anschluss 2 Stunden Mittagsschlaf machen kann. Die Zeit bis zum Abendbrot vertreiben wir uns mit Kaffee trinken und einkaufen. Nach dem Abendbrot machen wir noch eine kleine Runde um den Block (zwei Stunden). Wir trennen uns dabei. Mama und Nicci verschwinden nach einem kleinen Schlenker noch in einer Eisdiele. Helene und ich gehen noch ein bisschen für Papa shoppen.

Das gefällt Leni. Sie darf die neuen kurzen Jeans für Papa aussuchen. Mit einer Verkäuferin, die mir wiederum sehr gefällt, saust sie durch den Laden und schleppt ständig was Neues an. Und findet auch tatsächlich was, was uns allen gefällt. Papa, Leni und der Verkäuferin. Die behalte ich gleich an. Ein größeres Kompliment für Leni's guten Geschmack scheint es nicht zu geben. Sie ist total stolz und glücklich.

Nun geht es allen gut. Hermine ist wieder im Quartier und kann telefonieren, Nicci hat dann doch, trotz der Magenprobleme vom Vorabend, noch ein Eis bekommen. Für Leni, nachdem sie so gut ausgesucht hat, gibt's natürlich auch noch eines. Die Kinder sind dann so breit, daß sie schnell schlafen, was mich nun wiederum glücklich macht, denn jetzt habe ich etwas Zeit für

mich.
Ich werde, als sich die Ruhe hier
breitmacht, wieder in ein wundervolles,
erotisches Telefonat verwickelt, so daß ich
nicht zum Tagebuch komme. Allerdings fast
beim Telefonieren!
Danke für diese scharfen Worte Netty.
Obwohl vom Inhalt her muß Anni am
Apparat – also nicht an meinem, leider –
gewesen sein!

Tag 4 vom Urlaub.
Der Wetterbericht sagt zwar schlechtes
Wetter an, draußen ist es aber, relativ,
schön. Da Hermine unbedingt zum
Rossmann will (wer weiß warum), gehen
wir heute also nach Aarburg, – zum
Rossmann.
Eigentlich ist es gar nicht so schlecht. Ich
telefoniere nebenbei mit Netty und so
vergeht die Zeit wie im Fluge.
In Aarburg selbst, suchen wir ewig und
finden eine Menge Schnickschnack.
Dann gibt's erst mal Mittag. Nicci drückt
erstaunlich viel weg. Helene ist noch nicht
ganz auf dem Posten.
Anschließend findet Hermine den
Rossmann doch noch und wir können
zurück laufen. Wieder geht es die
Promenade entlang. Hinterher heißt es
dann, sie hätte unten am Wasser lang gehen
wollen.
Leider habe ich das wieder nicht gehört.
Ich bin halt ein ignorantes Arschloch!
Sorry, aber anders kann ich mich nicht mehr
nennen. Kein Wunder daß ich bei den

Frauen keinen Schlag habe!
Es ist recht spät als wir das Quartier
nachmittags erreichen, aber eigentlich
wollen alle Mittagsschlaf machen.
Ein kleines Telefonat mit meinem Schatz
hält mich aber sehr erfolgreich, erstmal
davon ab. Als ich mich endlich hinlegen kann, bricht
Hermine, gewohnt rücksichtsvoll, zum
Bäcker auf. Ungefähr fünfmal muß ich im
Einschlafen sagen, daß ich keinen Kuchen
will.
Mit dem Ergebnis, daß zwanzig Minuten
später auf dem Kaffeetisch ein Stück
Kuchen für mich liegt!!!
Geht das als Notwehr durch, wenn ich ihr
jetzt den Hals umdrehe????!!!!
„Der sah so schön aus." Meint sie dazu.
Ich will den Kuchen nicht ansehen. In ein
paar Tagen versteckt der sich dann nämlich
eh unter Schimmel. Normale Menschen
essen Kuchen. Das will ich aber nicht! Muß
ich ihr das mit einem Hammer in die Stirn
meißeln???
Danach geht es nochmal etwas bummeln
und alle bekommen wieder kleinere oder
größere Präsente.
Baden wollen die Kiddies dann aber
plötzlich doch nicht mehr und sind auch
schnell verschwunden und sogar
eingeschlafen.
Der Abend ist irgendwie sehr ruhig. Ich
habe Netty wohl etwas verärgert mit einem
Bild.
Ich bin halt nur ein Scheißkerl!
Ich habe keine Frau verdient!

Tag 5 vom Urlaub.
Es nieselt früh ein bisschen, aber keine Spur
vom großen Regen. Ich hole also wie
immer Brötchen.
Dann gibt es wieder die Diskussion, was,
wohin, warum. Nicci will gar nicht weg,
Helene nach Aarburg, Hermine nach
Bensow und nachmittags nach Aarburg und
ich der Sonne entgegen.
Mit viel Mühe setze ich mich durch und es
geht den Strand entlang, der Sonne
entgegen nach Aarburg.
Dort angekommen, essen wir in einem
Wikinger – Lokal. Es ist ganz lustig.
Jedenfalls für die Kinder und mich.
Dann wird nochmal bei Rossmann
eingekauft (vermutlich das, was wir
wirklich brauchten!). Nun machen die
Kleinen schlapp und wir müssen mit der
Bahn zurückfahren.
Während wir am Bahnhof warten, kommt
die traurige Nachricht. Mel kommt nicht.
Damit kann ich nicht morgen nach Hause
fahren und mit Netty einen schönen
Nachmittag verbringen.
Meine Güte ist das eine Scheiße!
Ich kann meinen Frust gar nicht
beschreiben! So gerne hätte ich den
Nachmittag mit ihr verbracht,
tiefschürfende Gespräche geführt und,
zumindest wieder in Gedanken – also mit
Anni – richtig befriedigenden Sex
genossen.
Frustriert sitze ich im Zug. Die Bahn zu
nehmen war dann aber auch ganz gut. Der
Met der Wikinger ist mir ganz schön in den

Kopf gestiegen. Leider haben die
Rettungswagen, die an unserem Quartier
vorbeifahren, Dauereinsatz. Die Kiddies
kommen ständig rein und dann fragt
Hermine noch blöd nach Kuchen.
Ich will keinen Kuchen!!! Ich will
schlafen!!!
Mittagsschlaf sieht definitiv anders aus.
Irgendwann sind wir dann mit dem Kaffee
durch und nun geht es zur Rutsche an den
Strand. Gefühlte Stunden später, bekommen
wir mühevoll die Kinder dazu, wieder den
Strand entlang zu Wandern, diesmal nach
Bensow. Als ich Hermine allerdings zeige,
wo genau am Horizont Bensow liegt, ist
ganz schnell Schluss mit lustig.
Also zurück und Abendbrot essen. Naja,
dachten wir zumindest. Das Brot ist
verschimmelt. Also kein Abendbrot sondern
Diät.
Jetzt sitze ich, nachdem eben noch die
Sonne schien, am PC, heilfroh daß ich
abends nicht mehr rausging, denn hier „geht
gerade die Welt unter"!
Der Himmel weint, weil der Freitag ausfällt
und es Netty nicht gut geht.

Tag 6 vom Urlaub.
Der letzte volle Urlaubstag.
Der Tag, den Mel mir ersparen wollte und
den ich dann bestimmt schön mit Netty
verbracht hätte.
HÄTTE.
Mel kam nicht und statt Netty's Liebreizes
habe ich die „liebe", mich reizende, Familie
um mich.
Scheiße. Leider kann man es nicht anders
sagen.
Denn gleich früh gibt es wieder den
üblichen Schwachsinn, keiner weiß wohin,
alle machen mit. Bis Vater dann
entscheidet, wir fahren nach Bensow. Mit
der Fahrt mit der Bahn – bis es endlich
losgeht – und dem Bummel durch die
Fußgängerzone und dem Essen in einem
mittelmäßigen Lokal, vertrödeln wir die
Sonnenstunden. Bei Bewölkung müssen wir
dann zurück laufen. Glücklicherweise
können wir uns diesmal trennen. Nicci und
Hermine nehmen die Promenade ins
Quartier. Helene und ich laufen alleine am
Strand entlang. Das macht Spaß und dauert
ziemlich lange. In Fischdorf angekommen,
gibt's noch Eis und Souvenirs.
Ich frage Leni, was sie von einem Hemd
hält, daß mich seit Tagen in einem Geschäft
anlächelt.
Sie findet es toll, also wird es gekauft und
wir hatten unseren Spaß. Dann geht's ins
Quartier zum Mittagsschlaf.
Nach dem Kaffee, fahren wir mit dem Auto
nach Aarburg, es fehlen noch Souvenirs.
Dann bringe ich Hermine und die Kinder

wieder nach Fischdorf und fahre noch
einkaufen oder besser Flaschen
wegbringen. Später hole ich sie am Strand
ab. Wir gehen ein letztes Mal essen.
Im Quartier müssen die Kinder gleich ins
Bett. Papa beginnt mit dem Packen.
Als sich alle in die Betten verzogen haben,
bade ich und beginne den Tag
aufzuarbeiten.
Der Tag wurde eigentlich nur durch die sehr
unzüchtigen Telefonate und SMSsen mit
Netty aufgelockert. Mann, wenigstens das
war das schön! Der Kontakt mit ihr wird
irgendwie immer enger. Leider nicht eng
genug, fürchte ich.

Letzter Tag vom Urlaub.
Heute reisen wir ab.
Ich hatte gestern noch versucht mit dem
Packen anzufangen. Dabei habe ich
bestimmte Sachen auf Koffer verteilt und
das auch angesagt.
Heute weiß natürlich keiner mehr was
davon. Da gleich früh, wenn wir weg sind,
Handwerker in die Wohnung wollen, bitte
ich darum, daß die Damen sich nach dem
Frühstück gleich fertig machen.
Das machen sie dann. Über eine Stunde. Ich
bringe in der Zwischenzeit die komplette
Küche auf Vordermann, räume die Koffer
ein und und und.
Leider komme ich nicht vorwärts, da sich
die Damen im Bad verschanzt haben.
Bei den Kindern ist das kein Problem, aber
Hermine darf ich nach fünfzehn Jahren
Beziehung ja nicht mehr nackt sehen.

Also kann ich nicht ins Bad, wenn sie drin
ist!
Endlich kann ich auch sie aus dem Bad
jagen. Dann sind auch im nu die Koffer
fertig und ich kann alles runter bringen und
ins Auto einbauen.
Irgendwie könnte ich Hermine schon
wieder erschlagen! Ich bin halt sehr
intolerant.
Mit reichlich Verspätung und vielen blöden
Kommentaren von ihr fahren wir dann los.
Es ist eine „tolle" Fahrt bis wir in Prenzlau
endlich Burger essen können.
Nun sind alle glücklich, also die Damen.
Sie schlafen fröhlich und ich darf fahren.
Na nicht ganz so schlimm. Ich habe
wenigstens meine Ruhe. Und ich kann mir
dann beim Durchfahren Hardorf ansehen.
Dort gibt es das eine oder andere
interessante Café.
Zu Hause lade, natürlich, ich alles wieder
aus.
Danach gibt es endlich wieder einen
ordentlichen Kaffee. Anschließend mache
ich mir einen schönen Tomatensalat und
dann geht es, ja richtig, in die Wanne.
Ach ist das geil. Die drei Damen sind
mittlerweile soweit, daß sie sich in ihre
Gemächer zurückziehen. Ich habe endlich
meine Ruhe.
Das ist schön!
„Der Fahnder" ist jetzt auch bald zu Ende,
genau wie das zweite (alkoholfreie!) Bier.
Nur in der Whiskeyflasche ist noch eine
kleine, größere Neige. Die werde ich mir
noch genehmigen und mich dann mal ganz

langsam hinlegen und geilsten Fantasien hingeben.

Das denke ich zumindest bevor ich oben im Herrenzimmer auf der Couch weg nicke.

Der Handwerker

Er klingelt.

Die Tür wird geöffnet, und eine attraktive Blondine, um die 30, bittet ihn ins Haus hinein. Sie dreht sich und geht ihm voran. Ein kleiner Papierschnipsel bringt sie dazu, sich kurz zu bücken, um ihn aufzuheben. Sie ist eine ordentliche Hausfrau.

Er ist fasziniert von diesem wunderschönen Hintern, den das kleine rote Bändchen des Strings teilt und ziert. Durch die etwas unglückliche Stellung und den kurzen Rock ist es ihm möglich dem roten schmalen Stoff bis zu ihrer Scham zu folgen. Die kleine Wölbung unter dem Stoff hier verrät ihm, daß eine außergewöhnliche Frau vor ihm steht.

Unsanft reißt ihn ihre Frage: „Wollen wir uns das gute Stück dann mal anschauen?" aus den Gedanken. Jaaa! Denkt er, befürchtet aber, etwas anderes zu meinen als sie.

Er folgt ihr nun die Kellertreppe hinab in das dunkle Gewölbe. Kurz vor dem Ende der Treppe bleibt sie abrupt stehen und dreht sich um. Er, immer noch in Gedanken, stößt sie fasst die Treppe hinunter. Im letzten Moment umfasst er sie und hält sie fest. Plötzlich stehen sie sich gegenüber. Er kann ihrem Liebreiz nicht mehr widerstehen und legt ganz vorsichtig, ganz

kurz seine Lippen auf die ihren.
Ein kurzer Blick, er sieht die Sehnsucht in
ihren Augen und presst seine Lippen erneut
auf die ihren.
Diesmal lang, sehr lang. Dabei schiebt er
vorsichtig seine Zunge aus dem Mund und
streichelt ihre Lippen, die sich sofort öffnen.
Nun dringt er in ihren Mund ein. Seine
Hände streicheln den Rücken und krallen
sich in den Hintern. Sie stöhnt lustvoll auf,
bevor sie abrupt den Kuss beendet und ihn
vorwurfsvoll fragt: „Was machen sie da?! –
Ich bin verheiratet." „Solange es nicht
ansteckend ist!" Entgegnet er und küsst sie
erneut.
Dabei schiebt er sie langsam in Richtung
Trockner und drückt sie, immer noch
küssend, dagegen. Er hebt sie vorsichtig
hoch und setzt sie rauf.
„Bleiben Sie noch einen Moment und
leisten sie mir Gesellschaft?"
Sie kann dem spitzbübischen Lächeln nicht
widerstehen und bleibt.
Er kniet sich nieder und schiebt vorsichtig
ihre Beine auseinander. Dann kann er an
den Trockner. Allerdings sieht er auch
direkt ihre Scham und kann nun erkennen,
daß die kleine Wölbung unter dem Slip von
ihren großen Lippen verursacht wurde, die
nun etwas unter dem Slip vorgucken. Er ist
begeistert und äußerst erregt.
In kürzester Zeit gelingt ihm die Reparatur.
Vorsichtig streichelt er nun die Schenkel
aufwärts und beginnt dann zärtlich ihre
Scham durch den roten Stoff zu massieren.
Sie lächelt, es gefällt ihr.

*Er steht langsam auf und seine Hände
gleiten über den Bauch auf ihre Brüste.
Durch das T-Shirt massiert er sie in leicht
kreisenden Bewegungen, um dann die
Brustwarzen, die sich immer deutlicher
abzeichnen, zu drücken. Lustvoll stöhnt sie
auf. Er beugt sich zu ihrem Ohr und sagt:
„Ich bräuchte etwas Feuchtes!"
Von ihr unbemerkt hat er seinen
Reißverschluss am Overall geöffnet und
seinen strammen Mann herausgeholt. Noch
bevor sie antworten kann, schiebt er ihren
Slip im Schritt zu Seite, schiebt vorsichtig
seinen Finger in ihre Lustspalte und sagt:
„Da haben wir ja schon was!", nimmt den
Finger heraus, hält die Lippen auseinander
und gleitet zärtlich mit seinem Schaft in ihre
Frau.
Ganz kurz stöhnt sie nochmal etwas von
verheiratet und kann sich dann nicht mehr
beherrschen. Seine Hände krallen sich in
ihre Brüste und ihr Atem wird schwerer und
schwerer.
Sie zieht ihn an sich.
Während er immer wieder, mal schneller
mal langsamer, mal hart und mal zärtlichst
zustößt. Tut das gut!!!
Er kommt fast zeitgleich mit ihr und ihre
Körper verschmelzen auch außen
miteinander. Sie umarmen sich innigst und
küssen sich lange und sehr intensiv.
Nach langer Zeit, gleitet er wieder aus ihr
heraus. Sie küssen sich ein letztes Mal.
Dann dankt er für das reichliche Trinkgeld.
Doch die Reparatur ist noch nicht beendet.
Er fragt erneut nach etwas Feuchtem. Sie*

versteht nicht. Doch dann erklärt er ihr es mit Taten.

Er hebt sie langsam vom Trockner und stellt sie davor. Dann schiebt er ihr T-Shirt langsam hoch. Als es über den Kopf auf den Armen ist, beugt er sich nach vorne und beginnt an ihren Brustwarzen zu knabbern. Eine Hand massiert diese wunderschönen Brüste, während die andere bereits wieder zärtlich ihren Kitzler berührt. Unterbrochen durch ihr erneutes lustvolles Stöhnen, flüstert er in ihr ins Ohr, das sie sich die Trockenzeit ihrer durchgeschwitzten Sachen doch oben auf der Couch vertreiben könnten.

Dann streift er ihr das T-Shirt komplett ab und verwöhnt sie weiter. Er kniet sich vor ihr hin und zieht ihr langsam den Slip hinab. Dabei kann er wieder ihre wunderschöne Scham sehen. Sofort spürt er wieder Leben in seinem Overall.

Sie weist nochmals auf ihre Ehe hin. Doch er ist Profi genug, um ihr eine goldene Brücke zu bauen. Er steht auf und bietet ihr an, keine Rechnung zu stellen und dafür auf der Couch zu kassieren. Die Bemerkung, daß er aber nicht wechseln kann, quittiert sie mit einem süßen Lächeln, bevor sie den Reißverschluss des Overalls von oben nach unten öffnet und ihn auch gleich auszieht. Dabei kniet sie sich hin, und als der Overall unten ist, umfasst sie mit einer Hand seine stramme Männlichkeit, um sie dann zärtlich mit den Lippen zu umschließen und ihn mit Lippen und Zunge ausführlich zu verwöhnen. Er revanchiert sich, in dem er

*sich nach vorne beugt. Mit einer Hand
umfasst er wieder ihre Brüste und massiert
sie oder die Nippel. Die andere Hand
gleitet über den Po und verschwindet dann
mit dem Mittelfinger in ihrer Frau um
immer und immer wieder zu zustoßen.
Nach vielen Minuten, zieht er den Finger
aus ihrer Scham. Streicht mit dem feuchten
Finger über ihren Rücken. Fasst ihr Kinn
und zieht sie vorsichtig hoch. Als sie vor
ihm steht, küsst er sie kurz aber innig und
flüstert dann: „Ich will Dich, jetzt!" Sie
nimmt ihn an der Hand und geht vor ihm
die Treppe hinauf.
Ein unglaubliches Bild, wie die Pobacken
sich bei jedem Schritt wiegen. Ihr gesamter
Gang. Sie bewegt sich geschmeidig wie eine
Katze. Er genießt den Blick auf ihr
Kätzchen und folgt dem betörenden Duft
ihrer bereits blühenden Rose.
Kaum oben angekommen, stößt er sie auf
die Couch. Sie kommt auf dem Bauch zu
liegen. Sofort legt er sich auf sie, küsst, ja
beißt sie fast in den Nacken und streichelt
mit seinem strammen Kerl ihre Frau.
„Wie willst Du es?" fragt er. Sie sagt auf
seinem Schoß.
Er setzt sich um sie mit einem kräftigen
Griff, auf sein erigiertes Glied zu heben.
Was eine Kraft denkt sie und spürt, wie er
in sie eintaucht. Jede Bewegung in ihr
quittiert sie mich lustvollem Stöhnen, bis
Beide kommen. Er ergießt sich in sie,
während ihr ganzer Körper bebt und zuckt.
Als sie endlich voneinander lassen, ist sie
froh, daß ein FachMann ihr zeigen konnte,*

wo der Stecker vom Gerät hingehört. Sie ist sich sicher, diese Nummer nicht zu vergessen. Nur für den Fall, daß mal wieder der Strom fehlt.

Wieder daheim

Der erste komplette Tag nach dem Urlaub
zu Hause.
Da es gestern Abend spät war, komme ich
auch relativ spät raus. Allerdings nicht so
spät wie Netty.
Dann schleppt sich der Tag so dahin.
Mittag gibt's nicht, nur Spaghetti. Trocken.
Das ist doch nicht wahr! Am besten ich
nehme Drogen und der Alptraum hier ist
gleich vorbei.
Hermine ist Köchin!
So was würde sich selbst eine untalentierte
Hausfrau am Sonntagmittag nicht trauen!
Nach diesem Mittag, welches den Namen
nicht mal im Ansatz verdient, entspinnt sich
ein SMS – Verkehr mit Netty, über den ich
lieber den Mantel des Schweigens decke. Er
war sehr intensiv und hat mich sehr berührt.
Korrekter wäre wohl erregt!
Um fünfzehn Uhr ergibt sich daraus ein
Treffen mit ihr. Dabei wollen wir ein
bisschen quatschen. Während wir durch den
Wald spazieren und sie mir ihre Woche
erzählt, bin ich schon wieder dabei, mich
stückchenweise Tagträumen hinzugeben.
Von Netty unbemerkt stelle ich mir vor, daß
es zu diesem Spaziergang nicht mehr
kommt

Ich weiß nicht ob es an den schönen Sachen
liegt, die Leni mir im Urlaub aussuchte,
aber Anni findet sehr viel Gefallen an mir.
Kaum das wir zusammen im Auto sind,
schiebt sie mir die Hand in den Schritt. Ich

falle daraufhin quasi über sie her.
Erst mit innigen Küssen. Daraus wir schnell
ein fordernder Griff unter ihren Rock, bei
dem ich ihre Weiblichkeit streichele. Sie
kann nicht lange widerstehen und kurze
Zeit später haben wir hemmungslosen Sex.
Man ist das geil!

Wenn ich mich das doch endlich trauen
würde! Ich elender Schisser!
Stattdessen bummeln wir weiter zu einem
anschließenden Kaffee im ein nahes
Ausflugslokal. Die Lokation war super.
Das Gespräch, das schöne Lokal und die
geile Frau an meiner Seite, an diesem
schönen Sonntagnachmittag, regen mich so
an, daß ich schon wieder nicht mehr
wirklich Netty's Gespräch folge, sondern
mich ihrem fiktiven Ebenbild Anni hingebe.

Auf der Rückfahrt zu unserem heutigen
Treffpunkt biege ich spontan in den Wald
ab. Hier bringe ich Anni, mit meiner flinken
Zunge in ihrem Schritt, dazu, sich mir
erneut hinzugeben.
Erst streichelt meine Zunge ihre
liebreizende Rose, bis sie dem Wahnsinn
nahe ist. Dann helfe ich ihr beim
Ausziehen. Sie revanchiert sich mit ihren
Lippen an meinem Mann. Als ich dann in
ihr versinke, Hammer!

Jaja, auch die Gespräche mit Netty sind
echt super. Ich habe das im Urlaub extrem
vermisst. Aber der heutige Nachmittag in
meinem Kopf ist da um Längen –

mindestens 16cm – besser. Wenn ich mich
doch bloß wagen würde, den ersten Schritt
zu gehen.
Auf jeden Fall bin ich Netty für diese gute
Aufarbeitung in den Gesprächen dankbar.
Es war schon super geil. Sie ist so offen und
verständnisvoll. Ich hoffe, wir können so
etwas bald wieder machen.
Am liebsten sofort. Ich bin so geil auf
meine Netty, beim nächsten Mal traue ich
mich bestimmt!

Am nächsten Tag ist der Alltag schon
wieder zurück.
Ich bringe Leni ganz normal in die Schule.
Dann darf ich einkaufen und Nicci
bespaßen. Madam ist beim Arzt.
Auf die Minute pünktlich erscheint sie „zur
Übergabe" der Kleinen. Ich bin zwar blöd.
Aber so blöd nun auch wieder nicht! Das
war wohl nicht nur ein Arztbesuch!!!
Na egal, nun fahr ich zu meiner
Psychologin.
Besser zu meiner „personal Therapeutin".
Sie macht mit mir zurzeit eine
Intensivtherapie. Das ist geil. Da geht es
sehr direkt zu. Sehr innig. Ich muß mich
dabei komplett nackig machen, wie das bei
Therapeuten so ist. Und dann legt sie Hand
an. Der Wahnsinn! Sie ist eine Meisterin
der spitzen Zunge, alleine wenn sich die
Lippen formen, bekommt Mann schon eine
wohlige Gänsehaut.
Sie ist toll, diese Therapie. Ich glaube ich
mache auch privat weiter, wenn die Kasse
das nicht mehr mitmacht!

Wir haben viel Spaß. Es ist wunderbar, daß
wir beide Urlaub und damit viel Zeit haben.

Mal sehen, was der Tag heute für
Überraschungen bereithält.
Er fängt etwas komisch an. Ich habe etwas
verschlafen. Mit kleinen Tricks schaffe ich
es aber, den üblichen Ablauf einzuhalten.
Leider rennt hier Hermine rum, die ständig
im Weg steht und Sachen erzählt, die einen
zur Weißglut treiben.
Na gut, ich habe unglaubliche
Selbstbeherrschung und erwürge sie nicht.
Das Schönste soll man sich ja immer bis
zum Schluss aufheben.
Ich arbeite alles ab, was zu tun ist und
vergesse darüber den Ärger mit ihr.
So mähe ich den Rasen und baue mit Nicci
den Swimmingpool für die Kids auf.
Kaum steht der, ist Nicci drin. Ist halt ein
kleines, fröhliches Kind und es ist wieder
sauheiß.
Als sie dann nach einiger Zeit nochmal für
5 Minuten drinnen ist, ist das für Madam
wieder zu viel. Sie kreist völlig aus.
Hätte sie richtig hingesehen, hätte sie
festgestellt, daß Nicci kurz drin war, –
selber!!! – feststellte, daß das Wasser viel
zu kalt ist und wieder rauskam. Nach über
einer Stunde ist sie dann wieder drin,
nachdem sie mich gefragt hat. Das sieht
Hermine erneut und schlussfolgert
messerscharf, die Kleine ist seit einer
Stunde im Wasser.
Ich bin natürlich in ihrer Vorstellung auch
so blöd, daß ich das zulasse.

Als ich versuche ihr das zu erklären, sagt
sie mir klipp und klar, daß ich nur Scheiße
erzähle und mich nicht zu rechtfertigen
brauche: „Sie weiß, was sie gesehen hat.
Ich brauche nicht weiter rumzulügen!"
Was ist das?
Betteln nach Schlägen?
Ein Selbstmordversuch, in dem man den
anderen bis aufs Messer reizt?
Sollte man sich nach fünfzehn Jahren nicht
soweit kennen?
OK, das ist mir dann auch zu blöd. Ich weiß
nämlich, entgegen der Annahme einiger
Damen hier auf dem Hof, noch was ich
mache. (Naja jedenfalls manchmal.)
Ich packe ein paar Klamotten und mache
einfach das, was ich Netty, bei den kurzen
Nachrichten zwischendurch, unverblümt
angekündigt habe.
Ich fahre einfach auf einen Kaffee zu ihr ins
Amt. Da ich etwas zu zeitig da bin, sehe ich
mir mal die schöne Umgebung an. Das ist
ja eigentlich ganz nett. Sehr ruhig, sehr
Parkähnlich. Es ist richtig schön und
beruhigend.
Naja, und kurz nach zwei Uhr nachmittags
bin ich dann bei ihr. Es gibt ein leckeres
Käffchen und wir unterhalten uns gut. Ich
begleite Netty zum Arzt und verkürze ihr so
die Wartezeit. Dann fahren wir zu ihr.
Diesmal auf einen richtigen gemahlenen
Kaffee. Die Zeit ist recht knapp, da ich
noch zum Bäcker muß, damit die Mädels zu
Hause etwas zu Essen haben.
Netty reicht Eis. Anschließend macht sie
mir noch eine(n) Latte.

Mit den Lippen würde es meine Anni
machen.
Dieser hier aus der Maschine ist aber auch
lecker. Unglaublich gut! Das will ich
wieder haben! Leider kann ich Netty nicht
zu mehr überreden. Sie ist halt doch ein
anständiges Mädchen und muß zum Sport!
Pünktlichkeit ist eine Zier, doch weiter
kommt man ohne ihr!
War meine Hoffnung heute. Ich war kurz
davor, die Phantasien um Anni mit Netty in
die Tat umzusetzen. Doch dann kommt der
Sport. Scheißßße!!!!
Naja, ich muß ja eigentlich auch dringend
los.
Ich schaffe es gerade noch, beim Bäcker zur
Tür einzutreten, bevor er abschließen kann.
Mit frischen Brötchen und Brot bin ich, der
lügende Arsch, zu Hause, oh Wunder, auch
wieder willkommen.
Abendbrot, Kinder ins Bett bringen, Küche
aufräumen.
Nachdem ich das erledigt habe, habe ich
dann auch meine Ruhe, verdient, und kann
mich im Kaminzimmer hinsetzen.
Netty unterhält mich schon eine Weile mit
süßen Nachrichten. Dann stellen wir auf
Mails um und unterhalten uns ganz normal.
Das ist schön.
Es war heute sehr schön mit meinem
Engelchen, Danke, daß Du Dir so viel Zeit
für mich genommen hast.

Ich glaube, heute wird es ein harter Tag.
Netty und ich, wir werden uns nicht sehen.
Wieder kann ich nur Anni in Gedanken

berühren, sie küssen und sie mit intimsten
Zärtlichkeiten verwöhnen. Das ist doch
Scheiße!
Vor Verzweiflung baue ich die
Wasserrutsche für die Kinder im Garten auf.
Dann mähe ich den Rasen wie blöd. Gegen
Mittag bin ich fertig. Nein, nicht mit
mähen, aber von der Hitze. Ich dusche
ausgiebig und dann mache ich
Mittagsschlaf.
Gott sei Dank weckt Netty mich pünktlich
per Telefon, so daß ich die Gruppe nicht
verpasse. Mensch Netty, wenn ich Dich
nicht hätte!
Nach x Wochen findet mal wieder die
Psycho – Gruppe statt. Wir waren recht
wenig. Da ging es. Ich habe mal etwas über
meine Eltern erzählt. Da waren alle etwas
platt.
Als ich dann nach Hause komme, ist Mel
noch da. Der Tomatensalat hat ihr gut
geschmeckt. Eine gute Basis um noch ganz
nett mit ihr zu plaudern. Es ist aber kein
wirklicher Ersatz für Netty. Nicht mal im
Ansatz.
Ganz ohne Netty, da macht mir der Tag
keinen Spaß mehr!
Das muß ich morgen besser hinbekommen.

Donnerstag, heute muß sich etwas ändern.
Netty hat zwar Sport, aber ich werde sie
besuchen.
Ich bringe zuerst Helene in die Schule.
Dann geht es wieder Rasen mähen.
Draußen den Parkplatz und den Weg vor
dem Haus. Gegen Mittag bin ich von der

Hitze wieder fertig. Also gehe ich wieder
rein und ordentlich duschen.
Dann fahre ich in die Firma, in den
sommerlich kurzen Jeans und dem lässigen
Hemd aus dem Urlaub.
Da dauert es nicht lange, daß ich gefragt
werde, ob ich aus Hawaii komme oder
gleich dorthin abfliege.
Hallo! Geht's noch? Wir haben draußen
30°C! Wozu braucht man da Schlips und
Anzug?
Zumal wenn man im Urlaub ist und nur mal
auf eine kurze Frage vorbei schaut.
Ich unterschreibe heute keine Millionen –
Verträge mit Kunden! Und selbst wenn, bin
ich mir bei manchen Kunden nicht sicher,
ob die nicht auch lieber in legeren
Klamotten erscheinen würden.
Egal. Nächste Woche ist immer noch keine
Hardware oder ein Auto für mich verfügbar.
Damit gibt es quasi nix zu tun.
Ich habe genug Überstunden.
Was soll's, dann nehme ich die jetzt,
schließlich habe ich übernächste Woche
nochmal zwei Wochen Urlaub. Wenn ich
jetzt die Überstunden bekomme, hätte ich
sechs Wochen am Stück frei. Damit lässt es
sich in einem heißen Sommer leben!
Und keiner hat ein Problem damit, also ab
in den Urlaub!
Je weniger ich in der Firma bin, desto
geringer ist der Schaden scheint hier das
Credo zu sein.
Bitte, an mir soll's nicht liegen!
Leider ist Hans nicht da. So mache ich die
Anträge fertig und verschwinde nach einem

Telefonat mit Netty.
Ihr ist aber glaube ich noch nicht ganz klar,
daß ich noch bei Ihr (vorbei)kommen will.
Na ich bin jedenfalls gegen Viertel nach
fünf bei ihr im Amt und lenke sie, nach
ihrer Aussage, von der Arbeit ab.
Das kann gar nicht sein. Ich sitze nur in der
Ecke und quatsche mit ihr.
Am liebsten würde ich natürlich ein
bisschen zu ihr kommen, sie küssen und ein
bisschen mit ihrem Slip, ihrer Scham,
ihrem Po und ihren Brüsten spielen. Aber
ich schaffe es wieder nicht, sondern lenke
sie doch nur mit Worten ab. Bald beginnt
nun auch Netty's Sport, so daß ich erneut
unverrichteter Dinge den Rückzug antrete.
Die neue Flasche Single Malt, die ich nun,
an diesem unspektakulären Abend, in
meinem Herrenzimmer anbreche, bringt
mich wieder dazu was passiert wäre, wenn
Anni dort gesessen oder ich mehr Mut
gehabt hätte.

Ein Tag ohne Sport
Ich sitze neben Anni im Büro, meine Hände
streicheln sie immer wieder. Am liebsten
würde ich sie hier auf den Tisch heben. Ihr
die Jeans herunterreißen um mich
hemmungslos ihrer Weiblichkeit zu
bedienen. Um in sie zu versinken. Mich tief
in ihr der Wollust hinzugeben.
Natürlich geht das nicht! Wir sind hier auf
einem deutschen Amt!
Aber sie könnte mir doch wenigstens einen
blasen! Während ich vor ihr stehe und ihr
den Rücken streichle. Mal kräftig und mal
sehr zärtlich. Sie könnte meine Hose öffnen
unter der ich, welcher Zufall, keinen Slip
trage. Erregt bin ich bereits genug. So daß
sie nicht lange suchen müsste. Mein Kerl
würde sie quasi anspringen. Sie müsste nur
noch den Mund öffnen und mich mit ihren
zarten Händen langsam und tief in ihren
Schlund einführen.
Während ihre Zunge und ihre Lippen
meinem Mann zeigen, wie sehr sie mich
liebt, gibt meine Hand an ihrem Hinterkopf
sanft den Takt an, bei dem ich am besten
komme.
Meine andere Hand streichelt ihre Brust
durch die dünne Bluse. Was ist das für eine
verderbte Hexe, die keinen Büstenhalter
trägt und somit ihre Erregung durch die
prallen Knospen deutlich zur Schau stellt.
Wenn sie nun noch mit den Händen meine
prallen Kronjuwelen massiert, kann ich
mich nicht mehr halten.
Doch leider kommt es nicht zu diesem
Szenario und so bleibt die volle Ladung in

mir, statt sie und ihren Mund zu füllen.
Aber immerhin schaffen meine geilen,
gierigen Hände an ihrem Körper es, daß
Anni so lange und so geschickt telefoniert,
bis durch ihr Betreiben leider ihr Sport
ausfällt.
Ooooh.
Damit sie nicht so zeitig nach Hause muß,
müssen wir jetzt leider nach Etzin fahren.
Hier passiert dann aber das
Unvermeidliche.
Durch Zufall habe ich eine Decke dabei. So
können wir uns dieses Mal im Wald
niederlassen.
Schnell wird es hier sehr intim. Nach
zahlreichen intensiven Küssen, bei denen
wir uns gegenseitig etwas entkleiden,
beginnen wir uns intim zu liebkosen. Wie sie
an mir saugt ist der Wahnsinn!
Doch auch ihre strammen Nippel haben es
mir angetan. Plötzlich liegt sie fast nackt
vor mir. Es gibt kein Halten mehr. Ich
tauche zärtlich, aber bestimmt in sie ein.
Dann lieben wir uns sehr intensiv.
Nachdem sie gekommen ist, ergieße ich
mich in sie, wir tauschen noch ein paar
Zärtlichkeiten aus. Dann treten wir schnell
den Rückzug an. Erst jetzt merken wir, es
sind auch viele Mücken hier.
Es ist trotzdem der Wahnsinn hier mit Anni
Spaß zu haben. An einem Ort ohne Mücken,
gerne noch lieber wieder!
Danach fahren wir einen Kaffee trinken. Im
Lokal am Wasser reicht das Streicheln der
Arme und Hände sowie ständige Küsse, um
die Gier zu kontrollieren.

Doch kaum auf dem Rückweg entführe ich sie erneut auf einen Waldweg. Unter einem banalen Vorwand gelingt es mir, sie auf die Rückbank zu lotsen. Hier falle ich nochmals über sie her.

Mit Küssen verwöhne ich sie so lange, bis sie erneut nach meinem strammen Kerl verlangt. Ooooh Mann, ist das geil hier! Ich ziehe sie aus. Nackt auf dem Sitz liegend törnt sie mich wahnsinnig an. Ich stehe in der offenen Tür, mein strammer Kerl hängt drohend über ihr, aus der geöffneten Hose. Sie bettelt mich an, es ihr zu besorgen.

Du hast es gewollt Baby. Ich gebe ihr die ganze Länge, begeistert stöhnt sie immer wieder auf. Doch so schnell ist das hier nicht vorbei!

Ich ziehe mich ebenfalls komplett aus und setzte mich zu ihr, Dann nehme ich sie auf meinen Schoß. Nun nimmt sie sich den Strammen Kerl.

Kaum bin ich in ihr versunken, gibt sie das Tempo vor. Sie genießt es sichtlich Herrin meiner Erregung zu sein. Doch sie kann sich nicht so gut beherrschen und es dauert nicht lange, bis sie unter wollüstigem Zucken und Stöhnen den zweiten Höhepunkt des Tages durch mich erlebt.

Nun gibt es auch keine Halten mehr für mich und ich gebe einen kräftigen Schuss meiner Männlichkeit in sie ab.

Sie stöhnt erneut auf.

Anni mag es wohl sehr gefüllt und beschmutzt zu werden.

Meine süße Anni, wie geil ist es, daß du so

verderbt bist!
Wir müssen uns beeilen, daß sie pünktlich
vom „Sport" nach Hause kommt! Nass
genug ist sie auf jeden Fall!
Trotzdem wäre ich gerne noch mit ihr
zusammengeblieben.
Anni, ich will mehr von Dir!

Als ich wach werde, springen mich dicke
Hupen in der Fernsehwerbung an. Mein
rechter Arm tut höllisch weh, mein Gesicht
fühlt sich zerknittert an. An dem eingetrockneten Rinnsal, rechts an
meinem Mund und dem feuchten Fleck auf
dem Kissen ist unschwer zu erkennen, daß
ich kräftig gesabbert habe.
Kein Wunder bei dem Traum! Der Hals
fühlt sich rau an, nach so viel Sex habe ich
wohl intensiv geschlafen.
In der Tullamore – Flasche fehlt gut ein
Drittel! War das gar nicht der Sex? Habe
ich mir das wieder nur eingebildet? War das
nur der Alkohol, oder kommen die Kinder
jetzt nachts schon hoch und trinken hier
heimlich?
Ok, tief in meinem Kopf sagt mir ein
kleines Männchen mit Hilfe eines großen,
eine sehr großen Hammers, daß es
zumindest zu wenig Wasser war, das ich
zum Whiskey trank.
Scheiße! Doch nur ein Traum.
Ich dachte schon, heute wäre der Tag
gewesen, an dem ich es ihr so richtig …!
So gehe ich, mehrfach zerknirscht, auf die
abgeranzte Matratze im Kinderzimmer, die
derzeit mein Bett ist. Eigentlich hätte ich da
nach einem weiteren Glas auch oben
bleiben können!
Und das alles um zwei Uhr nachts!
Kinder lasst die Finger vom Alkohol. Ich
kümmere mich schon darum!

Heute ist Freitag.
Ich nehme mir heute die Sense und mache
den Weg frei!
Hat aber nix mit der Bank zu tun und der
Sensenmann bin ich auch nicht! Ich komme
mit der Motorsense, das wäre dann
höchstens eine sehr moderne Inszenierung.
Der Kopf dröhnt zwar immer noch, aber das
ist halt die Strafe. Ich stehe dazu daß ich
trinke. Und ich verstecke mich nicht mit
Aspirin vor den Folgen.
Gegen Mittag mache ich wieder Schluss.
Heute wird mir von Hermine Besuch aus
Hamburg angekündigt. Leider wird es
deshalb nichts mit einem Treffen mit Netty
in Ruhe bei mir zu Hause. Eigentlich wäre
das geniale Gelegenheit gewesen, sie
endlich mal mit dem vertraut zu machen,
was ich wirklich von ihr will.
Aber trotzdem hat Netty Zeit für mich und
somit ist jetzt Feierabend im Garten. Ich
mache stattdessen „Abenteuerurlaub".
Ich fahre mit Bus und U-Bahn zu Netty und
steige unterwegs in ihr Auto zu. Dann lotse
ich sie zur Schleuse.
Hier wollen wir spazieren gehen. Es gibt
auch ein schönes Lokal in der Nähe und am
Wasser kann man vielleicht spontan nackt
baden, und dann noch mehr! Schlimmer
Finger, ich!!!
Es ist wundervoll hier. Im Gegensatz zu
meinem schwülstigen Traum von heute
Nacht, gibt es hier nur wenige stechfreudige
Insekten. Genau genommen gibt es hier nur
ein stechfreudiges „Insekt", das aber mit
dicken Eiern!

Meine Güte ich schweife schon wieder ab.
Während sie sich auszieht und ins Wasser
steigt, denke ich schon wieder an Anni.
Ich stelle mir vor, wie Anni aus dem Wasser
kommt..
Gefühlte Ewigkeiten darf ich sie liebkosen.
An allen Stellen, die empfänglich für
Zärtlichkeiten sind. Immer und immer
wieder. Dabei steht sie mir in nichts nach,
bis er mir richtig steht.
Nun gibt sie sich mir vollends hin. In
verschiedenen Positionen. Immer wieder,
bis ich gewaltig in ihr komme.
Was für ein Wahnsinnsweib!
Und ihr Genuss kam dabei nicht zu kurz.
Das war zu hören und zu spüren.

Doch bevor ich zu tief im Tagtraum
versinke, bin auch ich nackt und bei Netty
im Wasser.
Leider müssen wir bei Zeiten wieder los, da
Hermine reiten will. Wenn Netty mich
reiten würde, wäre mir das viel lieber!!!
Sie bringt mich noch nach Hause. Dabei
trifft sie die beiden Kinder. Wie mich,
begeistert sie die Beiden auch sofort.
Wenn ich gewusst hätte, das Hermine gleich
verschwindet, hätte Netty auch gerne noch
bleiben können.
Es war trotzdem ein supergeiler Tag!
Danke Netty. Dich nackt zu sehen hat
meine Phantasie erneut zu ungeahnten
Höhenflügen gebracht. Was bist du für ein
Prachtweib!

Heute beginnt der Tag traurig.
Netty, hat zunehmend Probleme mit ihrem
Mann. Ich will ihr helfen und stelle den
gesamten Tagesablauf unter ihre
Bedürfnisse. Trotzdem treffen wir uns erst am
Nachmittag. Ich habe vorher noch Einkäufe
erledigt und mich, mal wieder, mit der
Kaputten zu Hause gezofft.
Endlich, gegen sechszehn Uhr, treffe ich
mich mit Netty. Wir fahren erst ein bisschen
in die Botanik, um spazieren zu gehen. Es
tut auch gut, verbal ein bisschen zärtlich zu
ihr zu sein, aber nicht so viel zu bekommen.
Diese intensiven Gespräche, es ist fast wie
in der Reha.
Danach gibt es „Beim Skipper" ein
bisschen Eis und Suppe, als Stärkung. Nun
bringe ich sie nach Hause zurück.
Beim abendlichen Whiskey stelle ich mir
vor, wie Netty vielleicht reagiert hätte,
wenn ich sie wirklich in den Arm
genommen hätte.

Trost

Ich bringe sie zurück.
Auf dem Rückweg halten wir, wider
Erwarten, auf einem Waldweg.
Dort wird es ungewöhnlich schön. Ich
dachte, Anni will kurz in den Busch.
Stattdessen revanchiert sie sich für das
Gefühl, welches ich im Gespräch für sie
aufbrachte. Auch dafür, daß ich nicht gleich
auf Sex aus war, sondern sie nur mit
zärtlichen Worten tröstete.
Sie schmiegt sich an mich und deutet an,
sich mir hingeben zu wollen.
Kurz darauf beginnt sie, mich mit ihren
schönen Lippen intim zu liebkosen. Sie
streichelt und küsst mich und besonders
meinen kleinen Freund. Gleichzeitig bietet
sie sich dar, so daß ich nicht umhin kann
und auch beginne, mit dem Finger ihre
Scham zu streicheln. Die andere Hand
massiert erst ihren Rücken, später ihre
prallen Brüste. Irgendwann bin ich ganz
hart.
Sie setzt sich auf mich. Leichte rhythmische
Bewegungen von ihr, bringen uns langsam
in Ekstase. Immer wieder küssen wir uns.
Ich streichele ihre schönen Brüste. Dabei
streckt sie sich und greift ganz vorsichtig
von hinten an meine Juwelen. Sie drückt die
prallen Beutel sanft, so als wenn sie mich
ausquetschen will. Auch ihre Liebesgrotte,
in der ich stecke, wird enger. Sie will mich
auswringen.
Na gut, wenn du es unbedingt willst, denke
ich und gebe langsam die Zurückhaltung
auf. Während ich komme, mich mit einer

*Vielzahl kräftiger Spritzer in sie ergieße,
mich anspanne und dabei fester in sie
hinein stoße, halte ich sie lange fest. Dieses
Gefühl treibt nun auch sie auf den
Höhepunkt.
Unmittelbar nach mir stöhnt sie ihre
Leidenschaft heraus. Zuckt intensiv auf
meinem Schoß, klammert sich an mich. Was
ist das geil, sie so zu spüren!
Sie will nicht von mir lassen. Sie bleibt
einfach sitzen und klammert sich an mich.
Immerzu sucht sie meine Lippen um mich zu
küssen. Ich bedecke sie mit meinem Hemd.
Es ist fühlt sich gut an, in ihr zu ermatten
und sie komplett durchgeschwitzt, nach
Frau und Sex animalisch riechend, auf dem
Schoß zu haben. Langsam rutsche ich aus
ihr heraus.
Erst als wir merken, daß wir nun beiden
auch im Schritt sehr feucht werden, siegt
die Angst um die Sitzbezüge und wir lösen
uns voneinander.
Doch kaum haben wir uns abgetrocknet,
steht mir bereits wieder der Sinn nach Sex.
Während sie draußen an der geöffneten
Beifahrertür steht, sich den String anzieht
werde ich bereits wieder hart. Dieser
Anblick ist phänomenal.
Schwupps greift sie sich die Socken und
hebt das Bein um die Socke über den Fuß
zu streifen.
Da kann Mann nicht widerstehen!
Immer noch mit freiem Kerl, nur mit
meinem offenen Hemd bekleidet trete ich
von hinten an sie heran. Ehe sie bemerkt
was passiert, halte ich das besockte Bein*

mit der Hand fest, damit sie nicht umfällt,
wie ich erkläre.
Die andere Hand gleitet aber bereits
zwischen ihre gespreizten Schenkel um Ihr
Kätzchen schamlos zu berühren, zu
drücken, zu streicheln und zu massieren.
Sie will aber (noch) nicht, was sich jedoch
mit der Zeit dann doch schnell ändert.
Spätestens als meine Finger unter ihren
String, in ihre immer noch feuchte Frau
gleiten, stöhnt sie nur noch und wehrt sich
kaum noch spürbar.
Ich ziehe den String zur Seite und nun reibe
ich meinen mittlerweile wieder strammen
Kerl an ihrer Weiblichkeit. Der Widerstand
bricht völlig zusammen, mit dem Satz, ‚Aber
ich muß doch nach Hause‘. Ich mache
einfach weiter und sie beugt sich willig
nach vorne. Stützt sich im Auto ab.
Somit ist der Weg für mich frei und ganz
langsam dringe ich in sie ein. Ich halte
mich an ihrem geilen Knackarsch fest und
genieß die ungewohnte Perspektive auf sie
und das Gefühl, wie sie mich umschließt.
Wie geil das aussieht, wenn Mann sie von
hinten nimmt.
Wow!
Auch wenn ich für einen erneuten Schuss
noch keine Munition habe gelingt es uns,
nach kurzer Zeit einen erneuten, kleinen
Höhepunkt zu erleben.
Diesmal bleibe ich nicht so lange in ihr. Wir
sind beide zu erschöpft um noch lange in
dieser Position zu bleiben. Ich komme aus
ihr heraus und gleich darauf dreht sie sich
um.

Sie küsst mich innig. Sehr innig.
Dann sagt sie mir, daß sie eben zum ersten
Mal so hemmungslos von einem Mann im
Stehen von hinten genommen wurde. Noch
dazu in freier Natur. Doch nach einem
weiteren innigen Kuss, gesteht Anni mir,
daß ihr diese Rücksichtslosigkeit mit der ich
den anfänglichen, zarten Widerstand brach
gefallen hat. Ja es hat sie fast angetörnt. Es
hat ihr sehr gefallen.
Böses Mädchen!
Ich liebe Dich!
Unschuldig tun und verderbt sein. So will
ich das. So will ich Dich, Anni!

Am liebsten will ich Netty so.
Ach nein, was ist los mit mir?!

Ich hoffe das wird sich endlich mal
ereignen! Wie lange soll ich noch von
diesen Phantasien leben. Trau Dich endlich
Du Schisser!

Neuer Tag – neues Glück? – Weit gefehlt!
Eher gilt es eine neue, harte Prüfung zu
bestehen.
Hermine hat ihr G'spusi eingeladen.
Da natürlich keinerlei Daten dazu mitgeteilt
wurden, gibt es gleich früh Krach. Es ist zu
wenig Zeit für zu viel Arbeit. Sprich zum
Aufräumen.
Es gibt ziemlich viel Theater. Ich glaube,
hier möchte jemand dringend ausziehen!
Sie ist nicht in der Lage, um Hilfe zu bitten
und mir mitzuteilen, wann ihr Besuch
kommt. Aber sie wirft mir vor, daß ich
gestern den ganzen Nachmittag nicht da
war!
Wessen Besuch ist das eigentlich? Wurde
ich gefragt, ob ich diesen Besuch hier haben
möchte?
Netty kommt wegen *IHR* auch nicht hier
her! Und ich wohne auch auf diesem Hof.
Er gehört mir sogar!
Naja, gegen Mittag ist der Besuch dann da.
Es wird aber nicht viel unternommen um
sich zu präsentieren. Man, besser Frau,
macht es sich gleich auf der Couch im
Kinderzimmer gemütlich.
Glücklicherweise habe ich Netty. Sie baut
mich immer wieder auf. Und hilft mir über
diesen Blödsinn hinweg. Ich denke einfach
an morgen.

Ja, Netty und ich kennen uns nun vier
Monate.
Netty, vier Monate, die sich anfühlen wie
vier Jahre. Ich habe jedenfalls nicht das
Gefühl, daß es nur vier Monate sind. Und es
wird immer intimer. Was wir uns
mittlerweile alles erzählen ist der
Wahnsinn. Es fehlt bloß noch Sex!
Aber genau wie damals vor zwanzig Jahren,
bei Ulli, habe ich anscheinend Angst die
Freundin zu verlieren, wenn ich mich blöd
anstelle, bei dem Versuch, sie zu meiner
Geliebten zu machen.
Vielleicht liegt es daran, daß ich jeden
Augenblick mit ihr genieße und das nicht
mehr missen will. Der Spatz in der Hand ist
besser als die Taube auf dem Dach. Also
lieber eine richtig gute, intime Freundin als
guter Sex?
Das ist doch Scheiße.
Warum kann Mann nicht eine gute Freundin
vögeln? Ich werd' hier noch irre!
Egal, wir werden diesen Tag leider eh nicht
würdig begehen können.
Sie hat eine fiese OP vor sich. Natürlich
braucht sie dazu Beistand. Sie wird aber
von ihrem Mann begleitet. Mir bleibt nur, in
der zweiten Reihe zu stehen und zu sehen,
ob alles gut läuft.
Klingt so Scheiße, wie bei mir die Sache
mit dem Besuch. Naja, das Leben ist kein
Ponyhof.
Das weiß jeder. Na gut, Hermine nicht.
Geht sie deshalb reiten?

Das ist doch Scheiße!
Netty geht es heute richtig dreckig. Sie
hatte gestern ihre OP.
Ich wäre gerne für sie da. Hermine und die
Kinder sind abgereist zu ihrer Mutter. Ihre
Gespielin ist, nach 3 Tagen statt einem,
auch endlich weg. Ich habe sturmfreie
Bude.
Leider kann ich sie nicht genießen, da mein
Schatz krank zu Hause liegt.
Doch damit nicht genug. Netty geht's
schlecht, aber ihr Angetrauter macht nun
zunehmend Streß. Grundlegend ist das ja
verständlich, schließlich kümmert sie sich
immer mehr um mich. Der Zeitpunkt ist
aber der falsche.
So kann man jedenfalls niemand von seinen
Qualitäten überzeugen und zum Bleiben
bringen.
Wenn's schlecht läuft noch draufhauen.
1:0 für mich, aber Netty braucht *DAS*
momentan echt nicht.
Ein Scheiß Tag halt!
Wie war das mit dem Ponyhof?
Netty, ich will (Dich endlich) reiten!
Mehr als ein paar SMSsen sind heute leider
nicht drinne.

Und es wird nicht besser, …!
Der Tag heute wird nicht spektakulär, denke
ich beim Aufstehen.
Ich telefoniere viel mit Netty.
Eigentlich ist es doch spektakulär. Denn im
Telefonat gesteht sie mir die Tiefe und
Aufrichtigkeit ihrer Gefühle. Sie macht
mich unendlich glücklich damit.

Sie sieht sich mittlerweile nicht mehr nur
als meine Freundin. Ich freue mich riesig,
daß sie so zu mir stehen will. Nachmittags
gehe / besser schwebe ich zur Besprechung
des Sommerfestes in der Kita.
Dort serviere ich Caipi und bin damit mal
wieder sofort der Liebling der Erziehrinnen
und der Elternvertreterin.
Als ich nach Hause komme, schreibt Netty
mir, daß sie mit ihrem Mann über Ihre
Probleme redet. Es ging nicht mehr anders.
Das klingt Scheiße. Das klingt nach Mord
und Totschlag.
Es ist für mich völlig klar, ich muß sofort
zu ihr.
Ich fahre zu ihr und positioniere mich so,
wie letzten Samstag. Dort warte ich, ob ich
ihr irgendwie beistehen kann.
Direkt zu Hause reinzuplatzen und zu sagen
hier bin ich, halte ich auch nicht für richtig.
Aber vielleicht soll ich sie abholen, sie zu
ihren Eltern bringen. Vielleicht will sie mit
mir oder jemand anderem reden. Vielleicht
will sie gleich zu Thea – einer Freundin –
oder mir. Dann will ich schnell da sein.
Nach gut 3 Stunden steht fest, daß es zwar
eine katastrophale Entwicklung bei Ihr gibt,
aber sie meine Hilfe nicht benötigt.
Ich fahre also nach Hause.
Mit gemischten Gefühlen erreiche ich
meine Ranch. Doch sie beruhigt mich und
ich kann halbwegs ruhig schlafen.
Ich bin bei Dir mein Schatz. Halte durch,
sei stark.

Besuche

Heute erwartet mich wieder ein verrückter
Tag. Und das mit Ansage!
Gestern erfuhr ich noch, daß Hermine und
die Kinder heute kommen. Aber sie wollen
hier gar nicht übernachten, sondern Helene
soll nur kurz geparkt werden. Toll, ich hatte
etwas anderes vor. Es ist immer schön,
wenn sich Leute, aus der engsten
Umgebung, mit einem abstimmen und
Rücksicht nehmen. Kotz!
Nachdem ich eine Weile gegrübelt habe,
finde ich eine gute Lösung, die nur noch
das Einverständnis aller benötigt.
Also gibt es kein ruhiges Frühstück.
Jetzt ruft aber erst mal mein Engelchen an
und erzählt von der letzten Nacht. Zum
Glück geht's diesmal nicht so lange.
Also los, schnell ab zum Bäcker, Brötchen
einladen. Dann weiter zur Schule. Hier
findet die Generalprobe zum morgigen
Auftritt von Helene bei der Einschulung
statt. Ich treffe als Erstes Peter mit seiner
Mutter. Ich kann ihr verkaufen, daß Peter
und Helene unbedingt bei ihr spielen
wollen. Puh, das wäre geschafft.
Dann erreichen auch Helene, Hermine und
– oh Wunder – die neue Gespielin die
Schule. Wo kommt die Tusse jetzt her?
Egal, ich verkaufe auch ihnen erfolgreich
den Besuch bei Peter.
Nun kann ich mich noch schnell, wie früher
geplant, mit der Elternvertreterin treffen. Im
Anschluss geht es einkaufen. Kurz vor zehn
Uhr fahre ich endlich nach Hause. Jetzt

gibt's endlich Frühstück. Also eher einen Brunch!
Nun muß ich die Küche und die Bude auf Vordermann bringen und dann noch Salat vorbereiten.
Puh! Halb zwei, ich hab's geschafft. Ich habe sogar noch Zeit für einen Mittagsschlaf.
Dann will schon wieder der Kaffee vorbereitet werden.
Pünktlich auf die Minute erscheint mein Engelchen. Wie wunderschön sie ist. Die schwere OP merkt man ihr nicht an.
Nicht beim Ansehen, nicht beim Küssen.
Auch nicht beim Verlangen. Wir bereiten den Kaffee. Dann finden wir uns aber schnell im Garten wieder. Nach ihrem Geständnis, von gestern, daß sie in mir mehr als nur einen Freund sieht, lasse ich ein wenig meiner Zurückhaltung fallen. Ich nehme sie, während wir auf dem Bank sitzen in den Arm und lasse mir die letzten Tage erzählen.
Sie rutscht näher heran und spricht sich aus.
Ab und zu berühre ich beiläufig ihre Schenkel, die unter dem kurzen Kleid hervorgucken.
Bald beginnt sie, mich zu küssen.
Wow tut das gut.
Während wir uns einen weiteren Kaffee holen, werden die Berührungen immer vertrauter. Sie läßt meine Hände auf ihrem ganzen Körper zu und will auch von mir mehr erfahren. Ihre zarten Finger strecken sich deshalb immer wieder nach mir aus und befühlen und erregen mich.

Was eine tolle Frau!
Zwischendurch unterhalten wir uns lange
und sehr intensiv über die letzten Tage.
Dabei muß ich immer wieder feststellen, sie
ist eine Hammer – Frau!
Ich bedaure sehr, daß sie nicht bleiben
kann, es wäre ein interessanter Abend
geworden. Und vielleicht sogar eine heiße
Nacht. Das Gespräch ging echt unter die
Haut.
Danke für Deine Nähe und ich hoffe, ich
konnte Dir helfen.
Es war sehr schön mit ihr, auch wenn mir
eine Nacht mit ihr wieder nicht vergönnt
war.
Langsam habe ich aber das Gefühl, daß es
bald soweit sein könnte.
Während ich dieses Gefühl genieße, gleite
ich vor dem Fernseher in den gewöhnten,
alkoholbedingten Dämmerzustand.

Picknick im Garten

*Dabei stelle ich mir vor, wie ich mit Anni
auf einer Decke im Garten ein Picknick
vorbereite.*
*Gleich nachdem wir uns setzen, küsse ich
sie intensiv und so mit Nachdruck, daß sie
plötzlich auf der Decke liegt.*
*Ein Bein ist leicht angewinkelt. Es ist daher
nicht schwer, mit der der Hand an ihren
nackten Schenkel bis zu ihrem kleinen Slip
herauf zu wandern.*
*Sie lächelt verschmitzt und beginnt meine
Hand zu streicheln. Mein Finger drückt
stattdessen ungestüm ihr Höschen und die
darunter liegende Knospe.*

Sie genießt es sichtlich. Immer wieder zuckt sie zusammen und stöhnt auf. Ich schiebe das Kleid hoch, um besser an ihr spielen zu können.

Als ich versuche, vorsichtig den Slip zu entfernen, hebt sie kurz ihnen süßen Po. Schwupps ist sie nackt.

Was für eine Frau liegt da vor mir! Keine Frage, sie will mich, aber sie bekommt nur meine Zunge. Doch anscheinend genügt ihr das. Ich beginne langsam und zärtlich ihre Weiblichkeit mit der Zunge zu liebkosen. Ich sauge, lecke und meine Lippen knabbern.

Plötzlich stöhnt sie immer heftiger. Ein starkes Beben geht durch ihren Körper, Ihre Hände vergraben sich in meinen kurzen Haaren und sie drückt mich förmlich zwischen ihre Schenkel. Nachdem sie mehre dieser intensiven, wohligen Schauer durchjagt haben, sinkt sie in sich zusammen. Ihre Hände streicheln meinen Kopf. Entschuldigend sagt sie: „Ich konnte mich nicht mehr bremsen, es war so schön!"

Ja Anni, das war es. Alleine zu spüren was Du erlebt hast, ist schon ein Glücksgefühl. Ich lege mich neben sie und streichle sie ein bisschen.

Nun beginnt sie, mich zu entkleiden. Bald liege ich nackt im Garten. Sie kniet neben mir. Das Kleid zwar immer noch an, aber meine gierigen Hände haben es so weit geöffnet, daß ihre nackten Brüsten zu sehen sind.

Während ich mit der einen Hand mit ihnen

*spiele, schiebt sich meine andere Hand,
immer wieder, in ihren immer noch
nackten, leicht feuchten Schritt. Ich
streichele ihre Lippen und dringe mit dem
Finger immer wieder ein kleines bisschen in
sie ein.
Zur gleichen Zeit liebkosen ihre Lippen
meinen Kerl. Ihre Hände haben ein
Ballspiel entdeckt und massieren die Bälle.
Nach einiger Zeit jedoch, läßt sie davon ab
und nimmt sie in den Mund. Saugt an ihnen
und umschließt dafür, meine mittlerweile
stramme, Eichel mit ihren zarten Fingern.
Sie will mich zur Explosion bringen, kein
Zweifel, aber ich will es ihr richtig
besorgen,
Deshalb bringe ich sie dazu, sich auf den
Bauch zu legen. Vorher hat sie mich
nochmal intensiv befeuchtet. Doch nun ist
sie dran.
Ganz langsam beginne ich sie aufzuspießen.
Bereits beim Ansetzen, stöhnt sie lustvoll
auf. Da will wohl jemand doch mehr.
Sie ist so schön eng. Ganz langsam versinke
ich deshalb immer tiefer in ihr. Komme
wieder etwas heraus und versinke wieder
tiefer. Mann ist das geil. Auch sie stöhnt
immer doller. Ich liege mittlerweile direkt
auf ihr, aber das verstärkt ihre Ekstase nur
noch und plötzlich beginnt sie unter mir
wieder zu beben, zu stöhnen und zu zucken.
Ihre Frau umschließt mich ganz eng und
während ich mit einigen Bewegungen ihren
Höhepunkt verlängere, beginne auch ich
mich gehen zu lassen.
Ich spritze die volle Ladung in sie herein.*

*In mehreren Stößen entlade ich mich in sie,
was ihr einen weiteren Genuss verschafft.
Wow, war das gut!
Ausgepresst wie eine Zitrone bleibe ich auf
ihr liegen. Sie möchte daß ich liegen bleibe,
bis ich von alleine aus ihr herausgleite.
Leider bin ich dazu zu schwer. Aber ein
bisschen geht schon.
Immer wieder komme ich dabei in
Versuchung, mich erneut in ihr zu bewegen.
Ihre Küsse, für die sie sich stark verrenken
muss, beweisen mir, daß ihr das gefällt.
Irgendwann bin ich aber so müde, daß ich
von ihr lassen muß.
Ich lege mich neben sie und decke mich mit
dem Rand der Decke zu Sie kuschelt sich an
mich und so nicken wir beide ein bisschen
ein.
Es ist ein wunderschönes Gefühl, unter
freiem Himmel (bei) zu schlafen!*

Wie lange dauert es wohl noch, bis ich
sowas mit Netty erleben darf? Immerhin,
einen Anfang haben wir heute Nachmittag
im Garten ja gemacht.
Aber bis es so stürmisch wird, wie mich mir
Abends wieder mit Anni dachte, wird wohl
noch viel Zeit vergehen. Wir sind beide sehr
zurückhaltend.
Ich leere die Neige vom Tullamore, die
noch im Glas ist und gehe dann auf meine
unbequeme Matratze im Kinderzimmer.

Da der Wahnsinn hier im Hause Methode
hat, werde ich am Samstag von Helene
geweckt. Ja, von Helene!
Zur Erinnerung und dem besseren
Verständnis.
Die Kinder sind gestern mit ihrer Mutter
und deren neuer Freundin zu meiner Ex –
Schwiegermutter abgefahren, ohne daß ich
sie noch mal gesehen habe. Die Ansage
war, nach dem Auftritt bei der Einschulung,
heute, sind die Kinder und Hermine wieder
da. OK.
Das habe sogar ich, ein primitives Wesen
mit Schwanz und daher niedrigster
Intelligenz, verstanden.
Der Abend war lang, ich habe viel
intensiven Mail – und Telefonverkehr mit
Netty gehabt und mit Sicherheit zu viel
Whiskey getrunken.
Deshalb begreife ich gar nicht, wie
plötzlich Leni neben mir stehen kann. Habe
ich so doll verpennt? Das wäre Koma! Muß
ich mir Sorgen machen?
Nun taucht ein zweites Gesicht auf.

Henriette, Hermines neue Freundin!
Sie latscht grußlos durch mein
Schlafzimmer und fragt Leni nach
Anziehsachen!
In welchem Film bin ich hier eigentlich?
Das war der schwülstige Traum von heute
Nacht ja Oscar – verdächtig, verglichen mit
dem, der hier gerade läuft!
Ich frage, wozu sie die Sachen brauchen.
Sie kommen doch nachher wieder her.
Nein, man fährt nach dem Auftritt wieder
zu meiner Ex – Schwiegermutter. Ah, ja!
Sofort schiebt Henriette eine vorwurfsvolle
Frage hinterher: „Kommst Du denn nicht
zum Auftritt Deiner Tochter?"
Äh ja, doch.
Aber ich kann momentan nicht aufstehen.
Ich schlafe nackt und momentan scheinen
hier im Haus nur lesbische und mir zum
Teil fremde Frauen planlos umher zu
rennen.
Da ist mir, zumindest nicht direkt, nach
aufstehen und mit ordentlicher Morgenlatte
nackt durch die Bude laufen.
Soviel geistige Beweglichkeit traut man
(Frau) mir aber wohl nicht zu. Zu Recht,
denn ich frage nochmal ziemlich blöd:
„Wozu braucht Ihr so viel Klamotten, wenn
Ihr Sonntag, also morgen, wiederkommt?"
Endlich erklärt mir Leni – meine Tochter! –
daß sie doch ausgezogen sind und nicht
wiederkommen. Sie wohnen jetzt auf
Mamas Bauernhof, wo auch meine Ex –
Schwiegermutter lebt.
Ah ja.
Ich bin mir sicher, ich habe es mit

Verrückten zu tun. Leider bin ich nicht bewaffnet. Oder besser zum Glück. Ich stelle mich tot und hoffe, daß mir dann nix geschieht.
So schnell wie sie gekommen sind, verschwinden sie auch wieder, ohne ein weiteres Wort der Erklärung. „Montag holen wir den Rest". Mehr war nicht heraus zu bekommen. Bekloppte!
Ich stehe da, wie ein begossener Pudel. Ist das die Art, wie erwachsene Menschen miteinander umgehen? Mir kommen Zweifel. Irgendjemand ist hier nicht mit Vernunft und Geist gesegnet.
Mühevoll mache ich mich fertig und überlege. Wie wäre das wohl gewesen, wenn es mir gestern Abend gelungen wäre, Netty über Nacht hier zu behalten?
Gefehlt hat nicht viel!
Wahrscheinlich hätten wir genau in diesem Moment schön miteinander geschlafen.
So eine schöne Morgennummer.
Wie gesagt, es war die Zeit, wo ich aufstehen wollte.
Naja, so kann man seine Kinder auch aufklären.
‚Das was Papa und die fremde Frau da machen, nennt man Sex und manchmal kommen da Kinder bei raus. So Kinder und nun gehen wir in die Schule singen.'
Nur Kaputte!!!
Egal. Irgendwann bin ich in der Schule und sehe mir die Vorführung der Kinder an.
Danach bin ich alleine. Mit mir.
Naja ganz so kann man das auch nicht sagen.

Netty ist für mich da. Per Mail, per SMS
und per Telefon. Das tut gut.
Und es hilft doch immens über die
folgenden Tage. Diese beinhalten nämlich
noch manche Überraschung.

Zuerst sind aber Hermine und Henriette
überrascht.
Sie wissen nämlich nicht, daß ich frei habe
und stehen montags wieder so blöd im Haus
wie Samstag. Ich bin diesmal aber etwas
besser gerüstet, also nicht nackt.
Da ich ungefähr die Richtung kenne und die
Kinder nicht dabei sind, mache ich meinem
Unmut etwas sehr deutlicher Luft.
Genauso wie in den folgenden Tagen, in
denen sie immer wieder unvermittelt
auftauchen. Am Ende der Woche ist es
„geschafft".
Aus Angst vor mir kommen sie nicht mehr.
Nein, ich habe nicht mit Waffen, Hunden
oder Schlägen gedroht. Ich habe aber laut
meinen Unmut darüber, daß Frau macht
was sie will, ohne irgendetwas
abzusprechen, herausgelassen.
In den folgenden Diskussionen darf ich mir
krude Vorwürfe anhören, was dann
manchmal dazu führt, daß ich den Tränen
näher bin, als mir selbst lieb ist.
Das wollen sie nicht mehr antun. Kann ich
verstehen.
Mich hat das auch tierisch angekotzt. Ich
weiß, so drückt man sich nicht aus, aber
meine Gefühle sind an dieser Stelle, wenn
ich heute drüber nachdenke, immer noch
genau so!

Die Kinder müssen unter der flitzigen
Aktion allerdings am meisten leiden.
Von heute auf morgen leben sie 70km
entfernt. Nicole wird relativ schnell in einen
neuen Kindegarten gebracht. Für Helene
bedeutet dies aber, nach vier Wochen im
neuen Schuljahr, die Schule wechseln zu
müssen. Schlimmer noch.
Sie verlässt eine wirklich gute Schule, um
zukünftig auf einer ganz einfachen
Dorfschule ein paar Brosamen Bildung zu
finden. Das ist ein herber Schnitt. Doch ich
kann leider nichts dagegen machen. Ich
werde es nicht schaffen, sie in mein
Berufsleben zu integrieren. Zehn bis elf
Stunden am Tag bin ich nicht da. Aber noch
schlimmer, ich bin auch öfter über Nacht
und mehrere Tage weg. Das geht nicht mit
Kindern.
Jetzt haben wir die Situation, vor der ich
mich von Anfang an gegruselt habe. Wenn
man sie allerdings fragt, scheinen es die
Kinder recht locker weg zu stecken.
Aber dann ist ja da noch Netty.
Jetzt wo ich offiziell alleine bin, treffen wir
uns viel ungezwungener.
Bei mir, wenn nötig.
Das Schreiben und Telefonieren ist
natürlich auch viel entspannter und gewinnt
deutlich an Qualität. Das liegt allerdings
auch an den Themen. Mittlerweile spreche
ich völlig ungezwungen darüber, daß ich
mich in diesem Moment in sie hinein
wünsche. Sie erklärt mir fast ständig, wie
sehr sie sich nach mir sehnt, von mir
gestreichelt und liebkost werden will.

Wenn ich mit ihr kommuniziere, bin ich oft
so erregt, als würde sie mich streicheln. So
glüht fast jeden Abend der Draht für zwei
bis drei Stunden. Das ist Balsam für meine
Seele.
Dringend benötigtes Balsam, wie sich
immer wieder zeigt.
In den nächsten Wochen geht nämlich das
Gezeter um die Aufteilung des Hausstandes
los.
Was eine Scheiße.
Es werden Möbel angerechnet, die fünfzehn
Jahre alt sind.
Egal wie man hier die Abschreibung
beurteilt, die Sachen sind rechnungsmäßig
schon wieder zu Staub zerfallen. Genau das
würde auch real passieren, wenn man sie
jetzt zum vierten oder fünften Mal
auseinander nimmt.
Das ist natürlich nicht wahr, reine
Erfindung von mir und nur Schikane weil
ich die Sachen behalten will, meint
Hermine.
OK. Dann bauen wir den unwichtigen
Krempel halt ab.
Nach der ersten Lieferung Holzreste,
scheint Frau dann auch was zu begreifen.
Es ist halt was anderes, wenn Mann die
Sachen immer auf – und abbaut, oder Frau
es selber machen muss. Es macht nicht nur
Arbeit, Frau erkennt langsam, wieviel.
Auch wieviel Mann ihr früher abgenommen
hat.
Zu spät!

Kurzurlaub

Mittlerweile hat auch Netty Urlaub. Auch
wenn es mich einige Überredung kostet,
gelingt es mir, ihr einen Kurzurlaub
schmackhaft zu machen.
Sie weiß gar nicht, wie glücklich sie mich
damit macht.
Ich hole sie zu Hause ab. Im Gepäck habe
ich eine kleine Überraschung, denn ich
komme zu früh.
Nein, nicht beim Sex!
Nicht bei ihr zu Hause, sagt sie.
Ich habe frische Brötchen dabei. Somit
können wir noch schön frühstücken, vor der
Fahrt. Alleine das ist den Weg zu ihr wert
gewesen.
Wir stärken uns also mit einem Frühstück
wie es sich gehört. Einen zweiten Kaffee
nehmen wir, auf meinen Vorschlag, auf der
gemütlicheren Couch ein. Es entspinnt sich
ein nettes Gespräch, in dessen Verlauf ich
sie immer intimer streichele. Als sie merkt,
was hier passiert, steht sie schnell auf und
beginnt alles aufzuräumen. Schließlich
wollen wir ja los, sagt sie.
Während sie die Spülmaschine bestückt,
trinke ich meinen Kaffee aus. Meine
Gedanken kreisen schon wieder darum, wie
Anni reagiert hätte.

2. Frühstück

*Wir wechseln, mit dem zweiten Kaffee in
der Hand, auf die viel gemütlichere Couch.
Es dauert nicht lange, dann beginne ich,
Anni ein wenig zu streicheln.
Als meine Finger ihre Weiblichkeit unter
ihrem Rock erreichen, begehrt sie ein wenig
auf.
Sie betont, daß ihr das im Haus nicht
gefällt, doch da berührt meine Zunge
bereits ihre Rose.
Ich bin ein wenig taub. Den kleinen Slip
habe ich schon etwas zur Seite geschoben.
Und nach ein paar Zungenschlägen frage
ich sie, ob ich aufhören soll. Sanft drückt
sie meinen emporgereckten Kopf wieder
zwischen ihre Schenkel,
Diese sind mittlerweile leicht gespreizt. Ein
Bein liegt leicht auf dem Tisch. So genießt
sie stöhnend meine Zunge weiter.
Ich wusste, sie will es doch auch! Der
Anblick ihrer Rose und der Duft betören
mich.
Als ich erneut aufsehe, ist ihre Bluse offen.
Sie trägt keinen BH. Ich sehe ihre
wunderschöne Brust und spüre gleichzeitig
eine fordernde Hand in meinem Schritt.
Sie betastet durch meine Hose meine
Männlichkeit. Mit wachsender Intensität.
Ihr gefällt wohl, was sie spürt. Die Größe,
die sie spürt.
Es wird eng in meiner Hose.
Kaum habe ich Hose und Slip abgelegt,
umschließen ihre Lippen meine Eichel.
Sie beginnt genüsslich daran zu saugen und
will meinen Kerl auf das Maximum bringen.*

*Dann setzt sie sich auf den Hengst und
beginnt einen scharfen Ritt. Was für ein
Weib!*
Das Zeitgefühl verlässt mich schnell.
*Ich spüre nur noch, wie sie mir die Sporen
gibt.*
*Nach einer ganzen Weile, in der sie sich
meiner bedient, mich als Sexspielzeug
missbraucht, steigt sie erschöpft ab.*
*Missbrauchen ist vielleicht falsch, durfte
ich doch währenddessen mit ihren harten
Nippeln spielen.*
*An ihnen saugen. Meine Zunge um sie
kreisen lassen und sie mit den Fingern wie
Knöpfe drücken. Jedes Mal stöhnte sie
dabei wie im Fieber auf. Manches Mal
presste sie mich eng an sich.*
*Nun liegt Anni mit leicht gespreizten
Schenkeln auf der Couch und lächelt mich
herausfordernd an.*
*Gerne übernehme den aktiven Part und
dringe zärtlich, mit meinem harten Mann,
in diese heiße Frau ein.*
Wow, ist sie eng, feucht und heiß!
*Das Lächeln verstärkt sich sofort und sie
lässt bei jedem Zustoßen einen wohligen
Stöhner vernehmen.*
Das gefällt ihr!
*So gut, daß es nicht lange dauert bis sie
sich an mir festkrallt und unter mir bebt.*
*Sie küsst mich, um sich für dieses schöne
Frühstück zu bedanken, als ich mich mit
kräftigen Spritzern in sie ergieße.*
*Oh Mann, was ist das für ein geiles
Vollweib, das mich so aussaugt.*
Wir bleiben noch etwas eng umschlungen

liegen, ehe ich mich von ihr löse.
Sie genießt jeden Augenblick, den ich in ihr
bin und streichelt mich zärtlich, als wir
dann nebeneinander sitzen.
Nach langen Minuten des Schmusens und
weiterer inniger Küsse, erheben wir uns
langsam und räumen das Zimmer wieder
auf.
Nun erst würde Anni die Reste vom
Frühstück beseitigen.

Aber auch ohne Sex, nur mit dem guten
Frühstück, starten Netty und ich, mit
bestimmt zwei Stunden Verspätung, in den
Urlaub.
Aber was soll's. Wir haben Urlaub!
Gemütlich rollen wir gen Süden.
Nach gut drei Stunden Fahrt sind wir am
Ziel.
Wir sind im Berghof abgestiegen und haben
ein kleines, lauschiges Zimmer. Dieses
nutzen wir gleich zu einem Mittagsschlaf.
Das ist schön nach der langen Fahrt.
Anschließend spazieren wir, doch ein
bisschen liebenstrunken, händchenhaltend
oder eng umschlungen, durch den Ort und
genießen die schöne Landschaft. Wir
berauschen uns aber auch an der Freiheit,
unsere Gefühle füreinander offen zeigen zu
können. Mittlerweile haben wir entdeckt,
daß wir etwas mehr für einander
empfinden. Das zu zeigen geht zu Hause
leider noch nicht so.

Als ich nach einem sehr romantischen,
verschmusten Abend, nachts wach werde,
bin ich so geil auf Netty, daß ich überlege,
wie es wäre, die schlafende Netty mit
intimsten Küssen zu wecken.
Ich lasse es aber lieber bleiben und denke
nur über Anni nach.

Während Anni im ersten Moment noch
nicht versteht, was ihr mit den intimen
Küssen passiert, gibt sie sich bald dem
notgeilen Typen neben ihr hin. Sie genießt
die fordernden Finger und Zunge.

Schnell gibt sie mir mit ihren zarten
Fingern an meiner harten Rute zu
verstehen, daß ihr die Zunge nicht mehr
reicht. Dann lässt sie sich von einem Traum
in einen neuen, feuchten Traum stoßen.
Stöhnend und bebend vor Lust vergeht sie
in ihrem Hohepunkt. Wenig später komme
auch ich und sinke dann erschöpft, aber
glücklich neben sie.
Sie schmiegt sich an mich und beide
versinken wir wieder in sehr süße Träume.
Auch von der Phantasie bin ich so
erschöpft, daß ich nach einem kurzen
Erguss auch schnell wieder in den Traum
sinke.

Am nächsten Morgen bringt Netty die
Nacht ungläubig zur Sprache. Peinlich, sie
hat bemerkt, wie ich mich erleichterte und
wie ich sie vorher gierig musterte.
Ich will mich schon entschuldigen, als sie
mir gesteht, daß ihr so etwas das erste Mal
in ihrem Leben passiert ist und sie es fast
als Kompliment ansieht. Das kann sie ruhig.
Sie *IST* ein Rasseweib.
Ein gemütliches Frühstück lässt uns
angenehm in den Tag starten.
Als wir uns für die Wanderung fertig
machen, kann ich es wieder nicht lassen.
Erst habe ich schlimme Gedanken, die dann
mit mir durchgehen.
Netty bückt sich und zeigt mir ihren
knackigen Prachtpo in der engen Jeans. Ich
überlege nicht lange und gebe ihr einen
zarten Klaps. Sie meckert lächelnd.
Doch das schreckt mich komischerweise

nicht ab.
Ich werde mutig und lasse sanft meine
Hand über den rattenscharfen Hintern
gleiten.
Sehr bald verschwinden die Finger in ihrem
Schritt, um ihre süße Muschi, die schon in
der Jeans verpackt ist, zu streicheln.
Sie wackelt kurz mit ihrem geilen Hintern,
was mich aber nur noch mehr antörnt.
Ich schnappe mir mit der anderen Hand
eine Brust und knete sie vorsichtig, ja
zärtlich. Sie bleibt einfach so stehen. Es
gefällt ihr wohl doch mehr, als sie zugeben
will.
Langsam kommt sie hoch, dreht sich zu mir
und küsst mich. Ich streichele fest ihren
Rücken. Da kann sie die wohligen Schauer,
die sie durchzucken, nicht mehr verbergen.
Es ist um sie, es ist um uns geschehen.
Kurze Zeit später liegen wir, nur aufs
notdürftigste entkleidet, auf dem Bett.
Mein Mann dringt in ihre feuchte
Lustspalte ein. Wir genießen diesen Sex,
hemmungslos, wie es sich gehört.
Dann startet die Wanderung halt später.
Ich habe das Gefühl, die letzten Jahre in
Minuten nach zu holen.
Habe ich es geschafft? Ich glaube ja.
Irgendwann sind wir soweit, daß wir
losgehen können. Der wunderschöne
Morgen hat sich zu einem super Tag
entwickelt, den wir draußen ungeniert
genießen können. Das letzte Mal habe ich
mich neben einer Frau vor über zehn Jahren
so unbeschwert gefühlt. Es ist toll wieder zu
leben!

Auch die folgenden zwei Tage verbringen wir fast wie in den Flitterwochen. Dann müssen wir wieder nach Hause. Für sie ist es am schlimmsten. Sie muß wieder zu ihrem Mann.

Ich fahre "nur" in ein leeres Haus, welches bis vor zwei Wochen noch von Kinderlärm und – lachen durchdrungen war. Emotional ist das auch Scheiße. Aber trotzdem möchten Netty und ich diesen Kurzurlaub nicht missen.

Er hat uns gezeigt, daß wir, nicht nur Freunde sind Wir können richtig gut und hemmungslos miteinander vögeln. Aber auch außerhalb des Bettes sind wir in der Lage Zeit, miteinander zu gestalten und zu verbringen. Wir sind uns deutlich näher gekommen. Von hinten und von vorn! Nein, natürlich nur emotional und intellektuell. Das fühlt sich fast nach mehr an.

Ich liebe sie. Da bin ich mir ganz sicher. Und ich glaube, der Satz ist mir hier im Urlaub schon entwischt.

Gefährlich!

Die nun folgende Zeit wird deutlich entspannter. Zumindest für mich.

Ich muß mich nicht mehr täglich mit Hermine rumstreiten. Oder muß ihre Ignoranz erleben und ertragen. Mit ihren mir unklaren, unverständlichen Handlungen muß ich nicht mehr umgehen.

Mit Netty an meiner Seite schaffe ich es, *MEIN* Leben zu stabilisieren. An meiner Seite ist dabei fast wörtlich zu verstehen.

Übernachtet doch Netty immer häufiger bei
mir. Sie verbringt mittlerweile ganze Tage
bei mir, aus denen bald Wochen und
Monate werden.
Sehr bald nach dem Kurzurlaub steht nun
auch für Netty fest, daß sie zu Hause raus
will. Sie braucht Abstand zu ihrem Mann.
Sie will aber auch nicht gleich zu mir. Sie
überlegt, ob sie eine eigene Wohnung sucht.
Ich werde aber trotzdem immer mehr Teil
ihres Lebens.
Und nicht nur ich.
Auch die Kinder haben immer mehr
Kontakt mit ihr und akzeptieren sie
erstaunlich gut. Netty unterstützt mich auch
in der Betreuung der Kinder.
Somit kann ich ab und zu meine Zumba –
Stunden nehmen, auch wenn die Kinder da
sind.
Mein Leben bekommt dadurch wieder eine
neue, deutlich bessere Qualität.
Auch die Gruppe und meine Psychologin
stärken mir deutlich den Rücken, so wird es
auch leichter, sich gegen Hermine zu
behaupten.
Aber die Hauptarbeit leistet immer wieder
Netty.
Manchmal bereitet uns ihre Ehe aber noch
Probleme. Zum Beispiel kurz nach dem
Urlaub.
Da lädt sie mich zum Kabarett ein. Wir
treffen uns bei ihr in der Nähe. Mit ihrem
Wagen fahren wir in die Stadt und gehen
schön Essen.
Nach einem, gegen jede Diätrichtlinie
verstoßenden, Abendessen, widmen wir uns

der Kultur.
Gut zwei Stunden strapazieren wir unsere
Lachmuskeln, um die frischen Pfunde
wieder los zu werden. Immer wieder
kuscheln wir dabei, wie zwei Teenies. Nach
einem kleinen Absacker in einer
benachbarten Bar, fahren wir wieder nach
Hause. Genauer zum Treffpunkt von
vorhin, wir fahren zu meinem Auto. Von
dort ist Netty gleich wieder zu Hause. Bei
ihrem Mann. Nun geht es für sie wie für
den Delinquenten aufs Schafott. Ich steige
um und jeder fährt seiner Wege. Ihrer führt
direkt zu ihrem Mann.
Scheiß Situation, aber noch wohnt sie im
gemeinsamen Haus. Obwohl er quasi
Bescheid weiß.
Wir haben jetzt aber schon so viel
aneinander geleckt, das wir nicht mehr
voneinander lassen können.
Wir wollen zusammen sein.
Miteinander reden, uns lieben und lachen.
Zu Hause geht mir der Abend nochmal
durch den Kopf. Wie schön wäre jetzt Sex
mit Netty.
Ich träume. Anni nimmt wieder Netty's
Stelle ein.

Auf Abwegen
War es der Alkohol, oder ist es meine
Anwesenheit. Irgendetwas hat Anni scharf
gemacht.
Ich spüre das ziemlich deutlich, da sie mir
während ich sie zum Auto zurückfahre,
zärtlich meinen Zauberstab massiert. Die
dünne Hose, die ich trage, lässt mich ihre
Hände deutlich spüren und schon bald ist es
in meiner Hose eigentlich viel zu eng für
ihn.
Glücklicherweise haben wir gerade ein
großes Waldstück erreicht. Ich biege rechts
ab. Sie sieht mich erschrocken an.
Ja Mädchen, wer mit Fremden mitfährt und
mit deren Zauberstab spielt, der kann was
erleben.
Kaum das der Wagen steht, berühren meine
Lippen die ihren, als ich sie küsse. Während
ich so ihre Hilferufe unterdrücke, beginne
ich, ihren Widerstand, mit einem gezielten
Griff unter ihr Kleid, zu brechen.
Ich streichele ihre zarte Muschi, durch den
kleinen Slip. Sie beginnt sofort schwer zu
atmen und öffnet meine Hose. Schnell
scheibt sie ihre Hand hinein um meine
Juwelen sanft zu kneten.
Mädchen, das geht schief, wenn Du jetzt
nicht aufhörst!
Ich bin total geil auf Dich!
Ich frage sie leise, ob wir nicht lieber nach
hinten gehen wollen. Sie ist sofort Feuer
und Flamme und in Rekordzeit, finden wir
uns auf der Rückbank wieder.
Beim Einsteigen habe ich mich der Hose
entledigt.

Sie zeigt mir, wie sehr ihr das gefällt und läßt ihre Hand die Freiheit genießen, indem sie den Slip zur Seite schiebt und nun beginnt, meinen strammen Kerl komplett zu umfassen und rhythmisch zu reiben.
Mädel pass auf das ist kein Spielzeug!
Das ist das gefährliche Ende!
Ich habe ihr Kleid mittlerweile geöffnet, genauso wie den BH und liebkose mit meinem Mund ihre zarten Nippel.
Sie recken sich mir inzwischen stramm entgegen.
Sehen kann ich das nur im Schein der Scheinwerfer vorbeifahrender Autos. Zu so später Stunde ist es schon total dunkel, hier draußen im Wald.
Aber ich kann es fühlen. Mit der Zunge, den Fingern und den Lippen. Mit denen ich an ihnen spiele, was sie sehr genießt.
Das macht viel Spaß. Hatten wir doch bisher immer nur Sex im Hellen. Jetzt muß man wirklich fühlen.
Wollen wir doch mal sehen, wie erregt sie ist.
Ich schiebe meine Hand wieder unter das Kleid und den Finger in den Slip. Sie stöhnt leicht auf und ist begeistert, als ich in die feuchte Frau eindringe. Sie will mehr. Das hört Mann und zeigt der feste Griff den ich jetzt spüre. In meinem Slip.
Ich streife den Slip ab und schon kommt sie zu mir. Sie setzt sich auf meinen Schoß.
Ganz vorsichtig, damit ich genug Zeit habe ihr Höschen bei Seite zu scheiben.
Ganz langsam gleite ich in das feuchte Mädchen. Slip nur zur Seite und Kleid nur

*hochgeschoben, steckt sie plötzlich auf mir
und gibt mir die Sporen.
Leider bin ich ein wilder, geiler Hengst und
es geht sofort mit mir durch. Wie wild
bäume ich mich auf, beziehungsweise stoße
ich zu.
Sie hält gegen und genießt jeden Stoß. Es
gefällt ihr, sie stöhnt und es dauert nicht
lange, bis sie bebt.
Vor Lust. Von mir an – und durchgestoßen.
Sie ist so scharf. Doch auch nachdem sie
ihren Höhepunkt hatte, läßt sie nicht locker.
Sie reitet mich konsequent mit kräftigem
Hüftschwung in den Wahnsinn und den
siebten Himmel.
Was ist das geil als ich mich in sie entlade,
in sie hineinspritze, mich in sie ergieße...
Wow. Anni, Du bist eine scharfe Maus.
Einfach mal so beim Autofahren in den
dunklen Wald fahren und sich dort
vernaschen lassen. Keiner der Dich vorher
in Deinem biederen Kleid gesehen hat,
hätte Dir das zugetraut.
Nun sitzt Du erschöpft auf mir.
Wir umarmen uns, bis mein kleiner Freund
ermattet aus ihr herausrutscht. Notdürftig
richtet sie sich die Klamotten.*

Sommerfest

Es scheint, als würde sich nun schnell
Routine breitmachen. Aber das täuscht.
Es gelingt Netty und mir immer wieder, das
Leben zu bereichern. Wir sitzen abends
gemütlich vor Fernsehsendungen für
Bekloppte. Aber wir registrieren dies kaum.
Wir kuscheln so verliebt mit einander
herum, daß das Fernsehen unwichtig ist.
Es wird geschmust und gestreichelt.
Das fehlte ihr sehr. Mir auch.
Immer wieder endet es damit, daß ich sie
entkleide und ihre süße Rose solange mit
der Zunge verwöhne, bis sie in Ekstase
bebt, stöhnt und wimmert. Selbst wenn sie
müde ist oder nicht will, ist sie kurze Zeit
später erschöpft und sichtbar glücklich,
mich nicht allzu intensiv abgewehrt zu
haben. Ich weiß, ich bin ein Schwein. Aber
wenn ich sie sehe, schmelze ich dahin.
Bis auf eine Stelle, die wird immer
knochenhart!
Die Kinder kommen jetzt quasi alle zwei
Wochen zu mir. Meist ist Netty da und
unterstützt mich. Sie ist echt Gold wert. Sie
übernimmt in dieser Zeit schon fast so
etwas die Mutterrolle.
Ich kann mich den Kindern widmen, da sie
mir den Rücken freihält. Aber auch sie
beschäftigt sich mit ihnen. Besonders
Helene hat sie schnell ins Herz geschlossen.
Na kein Wunder, steht sie doch bei Hermine
nur an zweiter Stelle. Nicole hingegen fühlt
sich mehr zu mir hingezogen. Das tut mir
gut. Mal sehen, wie sich das entwickelt.

Mitte September merkt ihr Mann erstmals, also für sich, daß Gefahr im Verzug ist. Für ihn leider viel zu spät. Netty und ich, sind mit vielen anderen, zum Sommerfest in unsere Berluga – Klinik eingeladen. Als sie ihm eröffnet, daß sie mit mir dorthin fährt, schwant ihm Böses. Er hat anscheinend mehrere Monate nicht zugehört, wenn sie mit ihm sprach. Egal, wir fahren. Sie meint zwar, ihr hätte die Klinik nichts gebracht. Alles was sich verändert hat, wäre danach durch mich gekommen. Für mich war die Zeit dort, auch mit ihr, aber so schön, daß ich sie überredet habe mitzukommen. Wir buchen uns im Hotel direkt neben der Nobeldisko Arabesk ein. Über die Firma bekomme ich ordentliche Konditionen und kann damit auch vier Sterne buchen. Auch ein Auto gibt es preiswert. Somit ist alles perfekt und ich hole sie Freitagvormittag zu Hause ab. Wir haben frei. Ganz gemütlich fahren wir die gut 500km nach Bad Esen. Die Tiefgarage ist ein Graus, aber als wir endlich die Lobby betreten, leuchten Netty's Augen. So hatte sie das Hotel noch nicht gesehen, beziehungsweise nicht mehr in Erinnerung. Wir bekommen den Schlüssel und gehen aufs Zimmer. Ein Strauß Rosen auf dem Tisch. Eine Rose

auf dem Kopfkissen und eine Flasche Sekt,
gekühlt auf dem Tisch.
Ja, deswegen hat das Einparken und der
Schlüssel an der Rezeption so lange
gedauert. Ich hatte uns doch kurz vorher,
beim Tanken, angemeldet. Die Blumen
wurden schon bei der Buchung bestellt. Sie
haben mehr Effekt, als ich dachte.
Netty ist zu Tränen gerührt. Ich tröste sie.
Als ich damit fertig bin, ist der Sekt fast
warm und die Rose liegt neben dem
zerwühlten Bett. Nackt leeren wir die
Sektflasche, während wir uns immer wieder
liebkosen. Was eine geile Frau!
Mittlerweile haben wir kräftigen Hunger.
So machen wir uns auf den Weg in die
Stadt.
Dazu müssen wir den Kurpark durchqueren
an dessen anderem Ende gerade ein
Weinfest stattfindet. Trotz des etwas
schlechteren Wetters ist der Kurpark unter
diesen Bedingungen schöner als im
Frühjahr, während der Behandlung.
Man fühlt sich freier. Es dauert nicht lange
und wir sitzen bei einem Griechen. Dort
sehen wir sofort drei Leute vom
Klinikpersonal. Das ist komisch.
Nach viel Zeit beim Essen und Schmusen,
schlendern wir zurück. Wir sind doch etwas
müde von der Fahrt und dem Trösten. Also
machen wir noch einen Mittagsschlaf.
Obwohl es dafür schon etwas spät ist.
Es kommt, was kommen muss. Wir
schlafen ewig und es ist schon fast
Abendbrot vorbei, als wir wieder
aufwachen. Statt sofort aufzustehen,

machen wir den Fernseher an. Das
Programm ist Mist.
Aber die Frau neben mir ist rattenscharf.
Kurze Zeit später reite ich sie in die
Glückseligkeit. Ist das geil sie von hinten zu
nehmen. Ich brauche noch eine kurze Pause
um mich von diesem Glück zu erholen.
Huch, jetzt wäre es schon Zeit ins Arabesk
zu gehen! Wir wollen zwar, sind aber zu
müde. So schlafen wir bald eng
umschlungen ein.

Der nächste Morgen beginnt wunderbar.
Mit viel Gefühl und schönem Sex. Danach
haben wir uns das fürstliche Frühstück
verdient. Mehrere Stunden schlemmen wir
uns durchs Büfett.
Kurz vor elf heißt es Abmarsch zur Klinik.
Wir schlendern durch den Kurpark und sind
quasi auf die Minute genau dort. Es ist ein
komisches Gefühl das Gelände zu betreten,
aber kein Patient mehr zu sein.
Hier steppt schon richtig der Bär. Die
Musik läuft, das Festzelt ist gut besetzt und
man findet relativ schnell auch ein paar
bekannte Gesichter.
Leider nicht die, die bereits hier im Buch
vorkamen. Eher so etwas wie entfernte
Bekannte.
Naja, egal. Das Kulturprogramm ist, trotz
allem, sehr gut gemacht. Besonders die
Zumba – Truppe ist toll. Danach gibt es ein
üppiges, leckeres Büfett. Wir hauen so rein,
daß wir einige Zeit später die Veranstaltung
vorzeitig verlassen müssen. Wir sind so satt
und deshalb so müde, daß wir ein

Nickerchen brauchen. Also ab ins Hotel.
Es dauert eine ganze Weile, bis wir nach
dem Mittagsschlaf und den folgenden
Schmusereien wieder straßentauglich sind.
Wir gehen erneut zur Klinik, aber hier sitzt
nur noch der ganz harte Kern.
Nicht so schlimm, dann gehen wir halt in
die Stadt. Auf dem Weg dorthin
kontrollieren wir jede Stammkneipe nach
bekannten Gesichtern. Leider wieder ohne
Erfolg.
Nun gut, dann essen wir alleine ein kleines
Abendbrot. Danach schlendern wir erneut
durch den Kurpark.
Das viele Essen heute und das
Rumgelatsche fordern ihren Tribut. Wir
schaffen es nicht enthaltsam zu bleiben.
Netty macht sich für das Arabesk fertig.
Dabei sieht sie so geil aus, daß ich sie mir
greife. Gezielt massiere ich sie im Schritt
und küsse sie. Bald sinken wir auf das Bett.
Nach längerer Zeit schlafen wir sehr
zufrieden, eng aneinander gekuschelt ein.
Dunkel kann ich mich an einen sehr
intensiven Traum erinnern.

Hänsel und die Hexe
*Ich sehe Anni, wie sie in einem äußerst
geilen Kleid vor mir steht.
Ich kann nicht anders. Ich trete von hinten
an sie heran. Umfasse sie mit einer Hand
und lege diese auf ihre Brust, um sie sanft
zu kneten.
Sie kann dadurch nicht weg und ich bin
mittlerweile rechts hinter ihr. Ganz eng. So
kann ich unter ihr Kleid fassen und sie sanft
im Schritt massieren.
Sie windet sich etwas, will etwas sagen und
dreht das Gesicht zu mir. Ich drücke meine
Lippen auf die ihren und meine Zunge stößt
sofort in ihren Mund vor. Gewonnen!
Der Widerstand bricht langsam zusammen.
Ich wechsle die Position und packe ich sie
mir von vorne. Ich küsse sie noch
eindringlicher, umarme sie und streichle
intensiv ihren Rücken. Ihre Erregung steigt
sprunghaft an, das kann Mann sehen und
hören. Es gibt keinen Widerstand mehr.
Ich schiebe sie aufs Bett. Vorsichtig nehme
ich den Slip zur Seite und bringe sie mit der
Zunge kurz vor den Höhepunkt.
Ich sauge an ihrer Frau und lecke sie
intensiv. Willig spreizt sie die Beine.
Auch als mein Finger sie langsam öffnet,
ihre Lippen auseinander schiebt um
langsam in sie zu gleiten, stöhnt sie nur
wollüstig.
Nach vielen Minuten dieses hemmungslosen
Vorspiels gibt es kein Halten mehr. Ich
stehe auf und ziehe meinen Slip aus. Mein
Kerl ist bereits hart und stramm. Ich mache
ihn ein bisschen feucht.*

*Dann schiebe ich den Prachtkerl zärtlich in
sie. Immer hinein und ein bisschen heraus.
Dann wieder hinein. Anni ist unglaublich
eng. Ist das geil. Die Beine, die mich
umschlingen, fordern mich mit zärtlichem
treten auf, schnell zum Ende zu kommen.
Doch nicht mit mir! Mit gezielten
Bewegungen bringe ich nur sie schnell auf
den Höhepunkt. Ich hingegen, lasse mir
Zeit.
Immer wieder unterbreche ich, um sie zu
küssen oder zu streicheln. Ich liebkose ihre
Knospen und streichele ihre Brüste. Dann
lasse ich mich wieder in sie sinken. Dann
reibe ich mich wieder außen an ihr. Mit
meinen strammen Bällen massiere ich ihre
Scham. Meine Eichel streichelt ihre
Knospe. Sie wird fast wahnsinnig vor Lust.
So ist es nicht verwunderlich, daß sie vor
mir ein weiteres Mal kommt Als ich wieder
kräftig in sie fahre.
Nun erst bin ich soweit. Ich gemieße Anni
noch ein bisschen, dann ergieße mich in sie.
Statt aber sofort aufzuhören, bleibe ich in
ihr. Ich küsse sie intensiv. Massiere erneut
ihre wunderschönen Brüste. Mit diesen und
weiteren Zärtlichkeiten kann ich sie ein
drittes Mal unter mir zum Beben bringen.
Was ist das geil!
Nun bin ich aber breit. Auch sie benötigt
etwas Ruhe. Wir ziehen uns komplett aus
und schmiegen uns aneinander. Dann
schlafen wir ein.
Als ich erwache, ist es bereits dunkel. Anni,
die süße Hexe liegt, nur im Slip, neben mir
und sieht fern. Das Arabesk hat schon seit*

*gut einer Stunde offen. Aber hier so neben
ihr zu liegen ist auch wunderbar.
Ich lege den Kopf in ihren Schoß. Ich der
Hänsel, will um Vergebung bitten. Zur
Besänftigung streichle ihre Muschi und
sehe dabei fern. Sie krault mir zärtlich den
Kopf, während ich frage, ob wir jetzt
losgehen.
„Überraschenderweise" hat sie keine Lust.
Diese Antwort unterstreicht sie durch das
leichte Abspreizen eines Beines. Sie öffnet
dadurch den Schritt soweit, daß es meinem
Finger möglich wird, unter ihren Slip zu
rutschen.
Neugierig tue ich das. Ich spiele mit ihren
Lippen und beginne langsam mit meinem
Finger, in sie einzudringen.
Diese süße, geile Hexe. Ihr gefällt das.
Als Belohnung streichelt sie mir dafür von
hinten meine Bälle. Ganz sanft.
Liebe Hexe, lass nicht mehr von mir ab,
dein notgeiler Hänsel! Vernasche mich mit
Haut und Haar. Vorher will ich noch gerne
ewig in diese Position schmoren! Sie
drückt und massiert meine Juwelen. Sie
macht sowohl die Bälle als auch meinen
Stab ganz hart.
Wir verstehen uns ohne weitere Worte und
bleiben im Hotel.
Meine Hand nimmt ihr Höschen zur Seite.
Nun kann ich sie mit der Zunge verwöhnen.
Das gefällt ihr. Sanft zieht sie an meiner
langen Leine bis ich auf der Seite liege.
Nun kommen ihre Lippen zum Einsatz. Sie
nimmt die in den Mund Bälle und zieht an
ihnen. Saugt an ihnen. Mit der Zunge*

streichelt Anni sie.
Nicht aufhören! – Bitte, bitte!
Immer wieder nimmt sie meinen Hänsel in
den Mund um die Zähne zärtlichst über ihn
streifen zu lassen.
Wow ist dieser Schmerz schön!
Dann umschmeichelt ihn wieder die Zunge.
Liebste Hexe, was muß ich tun, daß Du
nicht aufhörst? Ich versuche sie mit
Zärtlichkeiten an ihrer Weiblichkeit oder
ihren Knospen an mich zu binden.
Irgendwann halte ich es aber nicht mehr
aus.
Ich drehe mich unter werfe mich auf sie.
Sie hat keine Chance und muß erdulden,
daß ich erneut von hinten in sie eindringe.
Nicht unbedingt zärtlich, aber es gefällt ihr
trotzdem. Auch sie ist so geil, daß sie mich
unbedingt spüren will. Und zwar in sich.
Daß kannst du Hexe haben. Schließlich
macht sich Hänsel mit dem Zauberstab ja
auch zum Schluss über die Hexe her. Oder
habe ich da was falsch in Erinnerung?
Egal, ich tobe mich in ihr aus. Doch lange
halte ich diese wundervolle Enge nicht aus.
Ich spritze in sie hinein.
Wow, ist das geil.
Unmittelbar nach mir kommt auch sie. Sie
bebt unter mir und hält ganz stramm gegen
mich, um möglichst hart genommen zu
werden.
Hexchen, Du bist so schlimm und dabei so
scharf. Glücklicher weise war das nur ein
Traum.
Das hält doch keiner aus! Leider.

Am nächsten Morgen, stehen wir etwas
wehmütig auf. Unser Kuschelwochenende
ist zu Ende. Also vielleicht hat es auch was
Gutes. Welcher Mann hält so viel Sex und
perverse Träume auf Dauer durch!
Nach einem wiederum sehr üppigen
Frühstück reisen wir gen Heimat ab.
Auch wenn wir unsere Lieblings –
Mitpatienten nicht getroffen haben, war es
ein tolles Wochenende. Das findet
mittlerweile auch Netty, die anfangs gar
nicht mit wollte.
Woran das wohl liegt?
Wir genießen nicht nur die Rückfahrt. Wir
verlängern uns die schöne Zeit auch noch
durch einen kleinen Trick. Ich liefere Netty
nicht sofort bei ihrem Mann ab.
Nein, sie bleibt diesen Sonntag noch bei
mir.
Das bedeutet, wir können nach der Fahrt
noch einen schönen Mittags(bei)schlaf
machen. Herrlich. Eine wundervolle
Belohnung für meine Mühe.
Danach pflegen wir noch etwas den Garten.
Wobei dies dann auch wieder durch
hemmungslosen Sex, diesmal auf der
Wiese! unterbrochen wird.
Nein das ist Blödsinn. Sowas mache ich
doch nicht!
Es war nur ein kurzer, perverser Gedanke,
als sie sich so wundervoll bückte.
Schlimm, wir sind doch keine Karnickel!
Aber sie ist so geil und wir hätten beide viel
nachzuholen. Ach ich liebe sie.
Nicht nur, weil es sich so herrlich überall
mit ihr vögeln lässt. Nein, man kann

genauso gut mit ihr reden.
Sie ist verantwortungsvoll, lebt in der
Gegenwart und hat konkrete Vorstellungen
was sie jetzt und in Zukunft möchte.
Von ihren Eigenschaften her, könnte sie
auch mein bester Kumpel sein.
Vielleicht muß ich deshalb so viel mit ihr
schlafen.
Nur um sicher zu gehen, daß sie wirklich
eine, meine? wunderbare Frau ist.

Ruhe vor dem Sturm

Die ungewohnte Ruhe im Haus ist mir
mittlerweile sehr angenehm.
Die Fachkräfte für schlechte Laune,
Hermine und Henriette, schaffen es
allerdings immer wieder, erfolgreich
dazwischen zu hauen.
Eines schönen Tages komme ich vom
Einkaufen und finde ein Schreiben, mit der
Aufforderung, innerhalb einer Woche einen
riesen Batzen Unterlagen zur Unterhalts –
Festsctzung beim Jugendamt einzureichen.
Hallo geht's noch?
Was ist eigentlich das Problem?
Kann man (Frau) nicht den Telefonhörer in
die Hand nehmen und sagen, daß der
Unterhalt zu gering ist?
Natürlich kann Mann das, Frau nicht!
Dann müsste sie sich vielleicht anhören,
daß sie seit November letzten Jahres
komplett von meinem Geld lebt. Inklusive
der Kinder.
Wir sind aber seit Januar offiziell getrennt.
Und sie hat keinerlei Anspruch auf Geld.
Trotzdem zahle ich Essen, Auto, Benzin
und vieles mehr. Auch ihren Reitunterricht,
Heilmassagen und ähnliches Gedöns. Das
könnte jetzt natürlich Erwähnung finden.
Das wäre ja blöd.
Also schaltet sie lieber das Jugendamt ein.
Außerdem erzählt sie denen, daß ich keinen
Unterhalt zahle.

Das stimmt natürlich auch nicht.

Ich zahle bereits seit etlichen Monaten ein paar hundert Euro, allerdings nicht, wie es das deutsche Recht vorsieht, direkt in ihre Hand.

Da sie bis vor kurzem aber noch bei mir wohnten, ich die Schule, das Auto, das Essen eh bezahlt habe, habe ich den Unterhalt einfach verrechnet. Nein, das geht natürlich nicht.

Die fehlende Summe (zu dem was ihr laut Gesetz zugestanden hätte) hätte man mit mir auch besprechen können.

Aber wie gesagt, dazu muß man, also Frau, reden.

Das konnte sie noch nie.

Deshalb darf ich mich jetzt also mit dem Jugendamt rumärgern.

Das Unangenehme bei denen ist, daß sie gleich so tun, als hätte man noch nie gezahlt und das auch nie vor.

Es fehlt nur noch Polizei, die einen vorführt. Eigentlich ist es aber das ganze Gegenteil. Ich kenne meine Verantwortung und meine Pflichten. Denen komme ich auch gerne nach, aber nur wenn man mich auch lässt.

Das ist aber nicht immer leicht. Ebenso wie meine Rechte von Hermine auch, großzügig, nicht berücksichtigt werden.

Es dauert ein bisschen. Genau genommen bis ich per Papier nachgewiesen habe, daß auch ich ein Sorgerecht und

Aufenthaltsbestimmungsrecht habe.
Das hatte Hermine wohl vergessen zu
erwähnen.
Nun jedenfalls wird die Dame vom Amt
langsam zugänglicher.
Ich beschreibe ihr auch noch die näheren
Umstände, unter denen die Umschulung
und der Umzug von statten ging.
Nämlich ohne mein Wissen und mein
Einverständnis, welches zwingend
erforderlich gewesen wäre.
Die Zauberworte Anzeige, Anwalt,
Kindesentziehung wirken Wunder. Die
Dame vom Amt unterhält sich plötzlich wie
mit einem Menschen mit mir.
Auch meine bisherigen
Unterhaltsleistungen werden, zumindest
wohlwollend, bewertet. Laut Gesetz ist der
Kindesunterhalt an den zu entrichten, bei
dem die Kinder leben und zwar in bar und
ohne Einschränkungen. Die Verwendung
bleibt demjenigen komplett überlassen.
Also im besten Fall auch für Schnaps und
Zigaretten für sich selbst. Klingt nicht
gerade befriedigend.
Es wäre mir lieber gewesen, wenn ich
beispielsweise Klamotten für die Kinder
bezahlen würde. Naja ohne Worte halt.
Jedenfalls ist Hermine beim nächsten
Telefonat auch wieder deutlich zahmer.
Es gab wohl Ärger mit dem Jugendamt.
Ja, das kann *ICH* auch, Madam!
Scheiße, wenn Mann, sorry Frau, nicht

denkt, bevor man etwas macht!

„So war das doch auch nicht gemeint."

Fängt sie plötzlich an.

Bla, bla, bla.

Immer dieses sinnlose Gelaber und hirnlose Handeln.

Hatte ich schon erwähnt, daß mich das ankotzt?

Sie hat jetzt wenigstens ein bisschen gemerkt, was sie gemacht hat. Denn jetzt haben die Kinder eine Akte. Und dort steht jeder Furz drinne. Allerdings nun nicht mehr nur meine, sondern auch ihre. Und das geht, bis die Kinder volljährig sind. Das nächste Mal erst denken, dann handeln, kluge und selbstständige Frau!

Männer denken mit dem Schwanz, heißt es immer.

Hermine hat keinen, …!

Upps, habe das jetzt wirklich gesagt?

Ich habe jedenfalls immer mehr den Eindruck, daß hier der Bezug zur Realität fehlt.

Ach wie gut, daß ich Netty habe. In dieser Zeit hilft sie mir sehr. Es tut sehr gut mit ihr darüber zu reden.

Man bekommt Bestätigung und merkt, daß man vielleicht doch eine korrekte Meinung vertritt. Manchmal habe ich schon an mir selbst gezweifelt.

Netty ist mir eine große Stütze.

Aber nicht nur mit Worten. Nein, auch mit viel Zärtlichkeit. Sie zeigt mir durch viele

Küsse, Streicheln und Liebe, daß ich lebe.
Das ich wieder lebe.
Sie zeigt mir, wie schön das Leben sein
kann.
Ich erlebe Sachen, die ich Ewigkeiten nicht
mehr erlebte.
Und wenn es ein einfacher Kinobesuch mit
ein bisschen Kuscheln ist.
Ach ist das geil. Es ist so schön, daß sie die
einfachen Freuden des Lebens auch
genießen kann.

Umzüge

Es zeichnen sich Änderungen am Horizont
ab.
Während dieser vielen verrückten
Geschichten der letzten zwei Monate lebt
Netty ja immer noch bei ihrem Mann.
Teilweise ist das ein ganz schöner Mist.
Wir haben uns irgendwo getroffen und nach
wunderschönen Stunden kommt sie
durchgeschwitzt und nass nach Hause.
Sie fühlt sich nicht wohl dabei. Auch ich
finde das Scheiße. Es ist schon fast eine
Provokation.
Alle Versuche, die Situation mit ihm zu
erörtern und zu klären, werden von ihm
aber nicht verstanden.
Da hilft nur noch eins, sie muß raus.
Natürlich kann sie sofort zu mir auf die
Ranch ziehen. Aber das ist ihr auch nicht so
wirklich etwas. Sie will nicht von einem, in
das andere Bett wechseln.
Irgendwie kann ich das sogar verstehen.
Also bleibt nur eine eigene Wohnung für
sie.
Nun, auch was nettes. Nutzen wir also die
freien Nachmittage der nächsten Wochen
und sehen uns die Umgebung der potenziell
neuen Wohnungen an.
Ich gehe das ganze recht entspannt an.
Sie will auf eigenen Füßen stehen, dann
lasse ich sie mal machen.
Wenn sie fragt, bin ich natürlich für sie da.
Aber nicht immer von alleine.
Schließlich habe ich ja auch einen Umzug
am Bein.

Nein, ich bleibe auf meiner Ranch.
Aber Hermine hat entdeckt, daß es doch
recht praktisch ist, wenn ich das ganze Zeug
von ihr und den Kindern in ihre neue Bleibe
kutsche. Natürlich inklusive Abbau.
Also Bock habe ich darauf ja nicht.
Aber die Alternative wäre, daß Hermine
und Henri(ette) das machen.
Nein danke. Die brauche ich hier nicht.
Die muß ich mir nicht öfter geben, als
unbedingt nötig. Da arbeite ich lieber etwas.
Die Kinder sind mittlerweile in der neuen
Umgebung angekommen. Leni geht in eine
kleine Schule, die mit ihrer 1.Klasse aber
leider gar nicht zu vergleichen ist. Sic
vermisst eine Menge. Auf dem Dorf, an
einer öffentlichen Schule ist die Vielfalt halt
stark eingeschränkt.
Auch meine Mitwirkung ist hier gleich null.
Schon alleine der Besuch einer
Elternversammlung ist ein Drama und
kostet mich ungefähr einen halben Tag
Urlaub.
Bei Nicci ist das noch etwas entspannter.
Sie geht noch in eine Kita. Hier hatte sie in
letzter Zeit sowieso ein bisschen Probleme,
weil Leni nicht mehr da war. Insofern tat ihr
der Wechsel vielleicht auch ein bisschen
gut. Mit der Mitwirkung ist das hier aber
noch schlechter.
Aber ich will die Kinder Hermine nicht
komplett überlassen. Sie sollen die
Erfahrung machen, daß es auch andere
Lebensmodelle gibt, als zwei Frauen unter
einem Dach. Männer sollen für sie nicht nur
als Buhmann und Erzeuger in Frage

kommen. Sie sollen auch sehen, daß Frau mit Männern sehr glücklich sein kann.

Ende September gibt es dann etwas, was es hier schon lange nicht mehr gab. Einen Festumzug.
Bereits Anfang August beginnen Rollo, Andy und ein paar andere Kollegen einer Zweigstelle der Firma, sich zu treffen. Sie wollen eine Party organisieren unter denen, die vor über zehn Jahren am Standort in Haxdorf aktiv waren.
Sie nennen es „Haxdorf – Revival". Es finden sich schnell einige die mitmachen wollen. Leider sind wir mittlerweile in viele Richtungen verstreut. Wo soll es also steigen, das Revival?
Eine große quälende Frage tut sich damit auf.
Nach gut einer Woche kann ich mir das Elend nicht mehr ansehen. Ich presche aus der Deckung und biete meine Ranch an. Und siehe da, plötzlich geht es Schlag auf Schlag. Im Nu sind zehn Leute dabei und wir haben eine Verabredung für das letzte September – Wochenende.
Naja, vielleicht ist das nicht ganz ohne Grund.
Vor fast zehn Jahren, reisten die Kollegen schon einmal an.
Bei Hermine und mir gab es einen runden Geburtstag zu feiern. Wir zögerten nicht lange und veranstalteten auf ihrem Hof ein Fest – Wochenende. Da können sich einige wohl noch gut dran erinnern.
Nach dem klar ist, daß wir dieses Mal

woanders feiern und die
Schlafgelegenheiten etwas eingeschränkter
sind, beweisen die Kollegen erstaunlich viel
Durchhaltewillen. Sie wollen mit Zelt und Camping –
Anhänger anreisen. Sogar mit eigenem Klo
und Bordküche. Na das läuft ja!
Ich setze mich also hin und plane ein
bisschen, denn wir wollen ja nicht nur
saufen. Es soll auch Kultur geboten werden.
Nun muß ich meine Süße noch begeistern.
Anfangs ist ihr nicht ganz wohl dabei, aber
ich schaffe es.
Am 28.September ist es dann soweit. Netty
und ich stehen heute den ganzen Vormittag
in der Küche. Ich habe gestern bereits
Soljanka gekocht und den Kartoffelsalat
vorbereitet. Sie macht noch den Rest und
ein paar Leckereien drumherum.
Da Selbstversorgung angesagt ist, sollte das
reichen. Als wir gegen Mittag fertig sind, ist
sie sehr erstaunt.
Das kennt sie von früher nicht so. Ein Mann
der mit anpackt.
Dafür hilft sie mir gerne, die Plane über das
bereits aufgebaute Festzeltgestänge zu
ziehen. So und schon ist alles fertig. Nur die
fehlenden Plätze machen ihr noch Sorgen.
Wir haben nur eine Bierzeltgarnitur und
wenig Stühle.
Aber Netty, Du hast doch mich. Ich
überlasse so etwas nicht dem Zufall.
Doch viel Zeit zum Nachdenken bleibt ihr
auch nicht mehr.
Unmittelbar vor den ersten Gästen ist die
freiwillige Feuerwehr vor Ort.

Nein, hier brennt (noch) nicht die Hütte. Im
Dorf verwaltet aber die Feuerwehr viele
Festzelte und Bierzeltgarnituren. Da
freitags eh geübt wird, hat man mir, die
angefragte, Garnitur für 1,50 € Leihgebühr
schnell mal selbst vorbei gebracht.
Die Jungs sind echt Klasse! Nachdem die
Kiste Bier (Versandkosten) auf dem
Feuerwehrwagen steht, sind sie so schnell
verschwunden, wie sie kamen. Ist halt die
Feuerwehr.
Die Gäste bleiben und es werden schnell
mehr.
Im Nu ist der Grill heiß und die erste
Flasche Bier offen und schon herrscht eine
Atmosphäre, wie in besten Zeiten vor zehn
Jahren. Super.
Da auch einige Frauen mitgekommen sind,
ist auch die Gastgeberin, Netty, nicht alleine
und findet Gesellschaft. Überhaupt gibt sie
die Dame des Hauses mit Bravour. Wenn
man bedenkt, daß sie hier gar nicht wohnt,
sondern auch nur Besucherin ist, sehr
überzeugend.
Als Rollo mit den Bierfässern endlich vor
rollt, sind wir schon fast verhungert.
Irgendjemand hatte die tolle Idee mit dem
Essen auf ihn zu warten. Egal, nun geht es
richtig ab und das bis tief in die Nacht. Als
es kühler wird, weihe ich den
Lagerfeuerplatz ein. Im Nu sitzen wir im
Kreis und verbrennen, mit wachsender
Begeisterung, eine Palette nach der
anderen.
Ist das geil!
Ich kann die Zeit in Jahren messen, in der

wir so etwas nicht mehr gemacht haben.
Deutlich nach Mitternacht ziehen wir uns
dann langsam in unsere Betten zurück.
Wider Erwarten ist der nächste Morgen gar
nicht so zäh. Ich hole schnell frische Brötchen. Kurze
Zeit später stehen Netty und ich in der
Küche und bereiten ein bisschen das
Frühstück vor.
Draußen ist es ungemütlich frisch und so
dauert es gar nicht lange, bis sich einer nach
dem anderem in der Küche einfindet, um
nach einer Tasse heißen Kaffee zu suchen.
Im Nu hocken vierzehn Leute in der kleinen
Küche und machen den Raum voll, aber
anheimelnd.
Gemütlich wird mehrere Stunden
gefrühstückt.
Dann machen sich ein paar auf den
Heimweg. Andere fahren mit der Familie in
das naheliegende Berlin.
Mit Netty und dem Rest, bringe ich das
Gelände und die Küche wieder auf
Vordermann. Im Anschluss gibt es eine
kleine Exkursion in die Gefilde der Butter –
und Käseherstellung in der örtlichen
Schaukäserei.
Gegen Abend treffen wir uns wieder bei mir
und es beginnt der zweite Abend. Dieses
Mal reisen Kollegen aus der Berliner
Zentrale unserer Firma mit an. So ist die
Runde neu gemischt und es gibt wieder
genug Gesprächsstoff, um auch diesen
Abend, erst weit nach Mitternacht, am
Lagerfeuer, ausklingen zu lassen. Sehr geil.

Sonntagmorgen, wir treffen uns wieder alle
in der Küche. Ganz unkompliziert nimmt
hier jeder sein Frühstück ein. Es ist schon
erstaunlich, wie entspannt so eine
Veranstaltung laufen kann, wenn nicht um
alles ein riesen Gewese gemacht wird,
sondern ein paar Sachen einfach so
genommen werden, wie sie kommen.
Am späten Vormittag sind dann, fast
wörtlich, alle Zelte abgebrochen und der
Track zieht wieder gen Westen, nach Hause.
Netty und ich räumen erschöpft, aber auch
glücklich, die Reste zusammen, bauen das
Festzelt ab und bereiten die Abholung der
Bierzeltgarnitur vor.
Dann verschwinden wir im Schlafgemach,
um die Ruhe und unser Glück zu genießen,
(auch mit ein paar kräftigen Spritzern in die
Nettymaus).
Was ist sie doch für eine wundervolle Frau!
Selbst eher Gast, hat sie sich perfekt um die
Gäste gekümmert, die ihr alle fremd waren
und sich damit sehr schnell, nicht nur in
meinem Herzen, einen Platz erobert.
Alle waren sehr angetan von ihr. Allen war
noch gut in Erinnerung, wie es damals mit
Hermine lief und die einstimmige Meinung
diesmal ist, halte Netty fest! Das mache ich
jetzt gerade auch, im Bett.
Ich weiß, sie ist etwas ganz Besonderes.
Auf jeden Fall bin ich durch die Party und
die eigenen Umzüge so gut eingespannt,
daß ich gar nicht richtig merke, wie schnell
sich die Sache mit der eigenen Wohnung
bei Netty entwickelt.

Eins, zwei, fix, hat sie zum 1.Oktober ihre neue Wohnung und übernimmt gleich noch ein Haufen der Einrichtung.

Das ist ja vielleicht Scheiße!

Naja, ein bisschen hatte ich schon gehofft, daß die Mühe, die die Suche kostet, sie zu einem Einzug bei mir bringt. Ist aber nicht so. Schade.

Aber seit sie in ihrer Wohnung wohnt, ist sie um Längen entspannter. Und das ist natürlich super schön. Auch für mich.

Noch viel schöner ist, als sie nach der ersten Nacht bei sich, wieder bei mir ist und gesteht:

„Ich hab Dich heute Nacht so vermisst."

Da habe ich wohl doch was richtig gemacht.

In diesen Wochen lernen auch meine Eltern Netty kennen.

Das ist natürlich für mich wieder ein hochdramatischer Termin.

Erstens zu meinen Eltern fahren und dann die neue Freundin vorstellen.

Doch der Reihe nach.

Am Anfang steht mal wieder ein Haufen Räumarbeit.

Hermines Wunschliste liegt auf dem Tisch.

Ich durchforste den Hof und suche die Sachen, die sie *unbedingt* braucht. Danach werden sie verpackt, oder zerlegt (Möbel zum Beispiel) und dann kommt alles in meinen Kombi.

Kurz bevor er zusammenbricht und nachdem er so beladen ist, daß ich als Fahrer gerade noch hereinpasse, breche ich

auf. Die gut 100km zu Hermines Ranch
lege ich mit meinem „LKW" in relativ
guter Zeit hin.
Es ist Brückentag. Somit haben die Kinder
frei. Nachdem ich das Auto dann auch noch
entladen habe, lade ich die Kinder ein.
Sie freuen sich schon. Es geht jetzt nämlich
direkt zu Oma und Opa. Nach gut
anderthalb Stunden, sind wir am späten
Vormittag in Perlenberg angekommen.
Der Tag läuft super, ist ja aber auch kein
Wunder, schließlich wurde er – von mir –
generalstabsmäßig vorbereitet.
Oma und Opa erwarten uns schon. Die
Kaffeemaschine läuft bereits begierig im
Leerlauf, der Tisch im Wohnzimmer ist für
ein zweites Frühstück gedeckt. Oma war
sogar beim besten Bäcker der Stadt, um
Brötchen und Kuchen zu holen. Im Prinzip
sind sie ja liebe Leute. Aber die fehlenden
Gefühle, …
Die Kinder interessiert das natürlich nicht.
Mit einer trockenen Schrippe in der Hand
verschwinden sie zum Spielen. Ich lange
mal bei diesem unwiderstehlich guten
Kuchen zu. Ich hatte heute noch kein
Frühstück. Mit einem Kaffee in der Hand
komme ich von der langen Fahrt runter.
Nun, kurz vor dem Mittag, verabschiede ich
mich und entschwinde zum Friseur. Die
Seele baumeln lassen und nebenbei noch
die Haare mal wieder auf Vordermann
gebracht bekommen. Supi.
Leider ist das nach einer Stunde vorbei.
Also schlendere ich zurück zu meinen
Eltern. Dabei mache ich noch einen kleinen

Einkaufsbummel.

Pünktlich zum Mittag bin ich wieder da.

Naja das stimmt nicht ganz. Die Kinder
hatten schon „solchen Hunger", daß
unbedingt das Essen gemacht werden
mußte, welches dann doch nicht wirklich
gegessen wurde. Dann nehme ich halt die
Reste und die Familienehre ist gerettet.
Vielleicht hätte man ihnen auch nicht sagen
sollen, daß wir noch auf den Rummel gehen
wollen. Sie sind jetzt kaum noch zu
bändigen.
Gut eine Stunde später ist es endlich soweit.
Wir können losgehen. Ich habe meinen
Eltern mittlerweile mitgeteilt, daß ich Netty
noch vom Bahnhof abholen muß. Es gab
quasi keine Reaktion. Auch gut.
Netty's Auto ist in der Werkstatt. So ist
dieser Umweg über Perlenberg eine gute
Lösung, sie für das Wochenende zu mir zu
bekommen. Sie fährt mit der Bahn, relativ
bequem, vom Büro, hierher. Da der
Rummel nur durch die große Stadtbrücke
vom Bahnhof getrennt wird, kann ich das
Angenehme mit dem Nützlichen verbinden.
Während meine Eltern mit den Kindern
über den Rummel spazieren, der gerade
öffnet, mache ich einen Umweg zur Bahn.
Kaum, daß ich da bin, steht sie auch schon
vor mir.
Mein süßes Engelchen, welches mir schon
beim Begrüßungskuss eine sehr enge Hose
beschert. Was habe ich es erwartet, diese
süßen Lippen wieder berühren zu können.
Sie mit den Augen genießen zu können,
bevor meine Hände beginnen, sich unter

ihren Rock zu verirren und sofort ihre geile
Weiblichkeit zu streicheln. Vielleicht sogar
direkt in ihren Slip gleiten. Dabei dieses
Leuchten in ihren wunderschönen Augen zu
sehen, ist der blanke Wahnsinn.
Sie ist müde von der abenteuerlichen Fahrt
mit den Öffentlichen. An meiner Seite, Arm
in Arm über die Brücke zu schlendern,
bringt sie aber schnell auf andere
Gedanken.
Na gut zehn Minuten erreichen wir den
immer noch relativ leeren Rummelplatz.
Schnell finden wir auch meine Eltern mit
den Kindern.
Nicci und Leni sind sofort Feuer und
Flamme, daß Netty wieder da ist. Sie
nehmen sie quasi sofort in Beschlag und sie
muß jedes Karussell und jedes
Fahrgeschäft, auf das sich Oma nicht traut,
mitmachen. Welch ein Glück, daß sie sich
für so etwas begeistern kann. Für die
Kinder ist der Tag also schon gelungen.
Bei meinen Eltern bin ich mir da nicht so
sicher. Schon die Begrüßung war gewohnt
distanziert, wie ich sie kenne.
Für Netty ist das aber absolut ungewohnt,
nicht umarmt zu werden. Nur ein
Händedruck mit einem kühlen „Hallo" ist
für sie sehr wenig.
Dieses Verhalten steigert sich noch, als wir
nach einiger Zeit in einem Restaurant
einkehren. Wir sitzen am Tisch und warten
auf unseren Kaffee und das Essen für die
Kinder. Die gesamte Zeit beschäftigen sich
meine Eltern mit den Kindern.
Nur mit den Kindern.

Netty und ich sitzen wie Fremde am Tisch.
OK, wir werden gefragt, was wir trinken
und essen möchten und mein Vater zahlt
großzügig die Rechnung. Aber dazwischen
sind wir quasi Luft.
Aber auch nicht komplett. Grundsätzlich
hätte uns das nicht gestört. Wir haben uns
nämlich mehrere Tage nicht gesehen und
am liebsten hätte ich meine Liebste bereits
hier vernascht. Auch ihre Hände in meinem
Schritt lassen keinen Zweifel, daß ihr
Innerstes Erfüllung von mir wünscht.
Doch dazu werden wir wiederum zu
intensiv beobachtet. Oma und Opa sprechen
zwar kein Wort mit uns. Aber sie behalten
uns im Auge, wie der Jäger das Wild.
Das Wort „Absurd" wurde wohl in so einer
Situation erfunden. Die Stimmung am Tisch
ist dadurch irgendwie genauso eisig, wie
der Wind draußen, der uns in dieses
Restaurant trieb. Glücklicherweise ist auch
dieses Essen von den Kindern irgendwann
gegessen und wir können nach Hause
gehen. Also gut, wir gehen erstmal zu
unseren Eltern.
Glücklicherweise habe ich Netty. Sie
schafft es tatsächlich, meine Mutter soweit
aufzutauen, daß sie sich unterhalten. Als wir
bei ihnen ankommen, gibt es nochmal
Kaffee und Kuchen.
Diesmal wird sogar etwas gesprochen.
Mir wird die Situation durch Netty's
Anwesenheit erheblich erleichtert. Auch zu
sehen, daß ich nicht der Einzige bin, mit
dem so umgegangen wird, ist gut für mich.
Es liegt also nicht an mir.

Es liegt an meinen Eltern.
Meine Psychologin war schon länger dieser
Meinung. Man muß es aber selber erstmal
begreifen. Am späten Nachmittag haben Netty und ich
dann das Schlimmste überstanden. Wir
können, zusammen mit den Kindern, zu
mir, also nach Hause, aufbrechen. Der
Abschied ist dann schon fast herzlich.
Komische Leute.
Was sind wir froh, als wir bei mir
eintreffen. Nachdem das Auto entladen ist,
sitzen die Kinder bereits in ihren Zimmern
und spielen wie verrückt.
Netty und ich gehen ins Schlafzimmer um
uns umzuziehen.
Während ich so nackt vor dem Schrank
stehe und überlege, was ich jetzt anziehen
könnte, sehe ich, wie Netty sich langsam
auszieht.
Kurz durchzuckt mich ein Gedanke, den ich
aber schnell wieder fallen lasse. Ich lege
mich doch lieber kurz hin und nicke ein,
völlig erschöpft, durch den bisherigen Tag.
Gut zwanzig Minuten später bin ich wieder
fit. Ich mache mich ein bisschen fertig und
gehe hoch.
Hier sitzen die drei Mädels gemütlich
zusammen und spielen Uno.
Herrlich.
Manchmal ist das Leben so schön.
Netty sieht mich und lächelt mich
schelmisch an. Habe ich etwas verpasst?
Ich hatte eben diesen wilden Traum. Weiß
sie etwas davon?

Mittagsschlaf
Anni und ich gehen ins Schlafzimmer,
nachdem wir zu Hause angekommen sind.
Ich lege schnell meine Klamotten ab. Nackt
drehe ich mich zu ihr um.
Langsam zieht sie sich aus. Sehr langsam!
Erst streift sie den Rock ab.
Ihr strammer Hintern grinst mich an.
Verhüllt ist er nur noch durch einen kleinen
String, den ich ihr mal schenkte. Er besteht
aber eigentlich nur aus einigen Bändchen,
so daß ihr süßer Arsch und die scharfen
Schenkel in voller Pracht im Spiegel zu
erkennen sind. Ich glaube, bei mir richtet
sich etwas auf!
Das ist doch eine Inszenierung!
Sie knöpft langsam die Bluse auf. Dann läßt
sie die Bluse fallen und öffnet sofort den
BH, um ihn abzulegen. Sie steht zwar mit
dem Rücken zu mir, aber ich kann im
Spiegel ihre festen Brüste und zumindest
eine der zarten Knospen erkennen.
Man macht mich das geil. Ich bin komplett
hart. Am liebsten würde ich es ihr sofort
von hinten besorgen. Ob sie will oder nicht!
Mädchen, hast Du eine Ahnung in welcher
Gefahr Du schwebst?
Anni erzählt etwas und merkt nicht, wie ich
von hinten an sie heranpirsche.
Plötzlich, sie bückt sich gerade über ihre
Tasche, schiebe ich meinen strammen Kerl
zwischen ihre Schenkel. Damit sie nicht
wegkommt, umfasse ich im selben Moment
ihre schönen Brüste und beginne sie
zärtlich zu massieren.
Sie stöhnt genießerisch auf. Langsam

richtet sie sich auf.
Sehr langsam, damit meine Hände ihre
prallen Körbchen nicht verlieren. Mein
Kerl drückt gegen ihre Weiblichkeit.
Langsam reibe ich mich daran. Während
sie sich mit dem Oberkörper leicht umdreht,
achtet sie merklich darauf, daß ich
zwischen ihren Schenkeln bleibe, ich mit
den leichten rhythmischen Bewegungen, die
mein Becken macht, weiter ihren strammen
Po und die Muschi berühre.
Sie sieht mich an, doch ich drücke meinen
Mund auf den ihren und meine Zunge
erobert sie. Wir küssen uns intensiv.
Wahrscheinlich wehrt sie sich deshalb auch
nicht, als ich sie sanft auf das Bett drücke
und meine Hand beginnt, ihre Lustspalte zu
streicheln. Ich bin über ihr. Ich küsse sie
weiter. Nach kurzer Zeit, schiebt meine
Hand das kleine Bändchen des Strings zur
Seite, um meinem harten, geilen Mann den
Weg in ihre feuchte Lustgrotte zu öffnen.
Kaum dringe ich in sie ein, höre ich nur
noch lustvolles Stöhnen von ihr. Langsam
erobere ich sie. Was sie mit kräftigen
Umarmungen und Küssen dankt. Es dauert
nicht lange und sie klammert sich mit
Armen und Beinen an mich, um bebend und
stöhnend mit mir zu verschmelzen.
So etwas habe ich noch nie gemacht, eine
Frau von der Bettkante aus zu lieben.
Es ist geil.
Ich richte mich auf und sehe wie ich immer
wieder in sie eindringe und in ihr
verschwinde.
Macht das einen Spaß!

Ihre Schenkel ruhen dabei an meinen Schultern, so, daß ich ihren ganzen Körper mit den Augen abtasten kann. Ich sehe wie es genießt, daß ich tief in ihr den richtigen Punkt zum Klingen bringe. Sie bebt unter meinen Stößen, stöhnt auf und zuckt. Bei mir ist es aber noch nicht soweit. Ich beuge mich wieder über sie. Sie muß sie mich weiter ertragen. Weiter dieses Drängen in sich spüren. Die stürmischen Stöße erdulden, die sie wieder zum Beben bringen. Doch ich habe das Gefühl, sie genießt es. Immer wieder krallt sie sich an mir fest und versucht noch enger an mich heranzukommen. Kein Zweifel, sie will mich spüren. Kurz nach ihrem Höhepunkt bin ich auch soweit, daß ich mich in sie ergießen kann. Was ist das geil mit diesem Weib. Anni, Du bist das Beste, was mir passieren konnte. Nach einer gefühlten Ewigkeit verlasse ich sie und wir legen uns auf das Bett, um noch etwas miteinander zu schmusen. Erst danach können wir uns langsam anziehen. Allerdings nur langsam. Denn, nachdem Anni sich ein neues Höschen angezogen und frisch gemacht hat, merke ich bereits, wie es in meinem Slip erneut eng wird. Sie macht mich schon wieder an und während ich ihr das zeige, indem ich ihr fast noch feuchtes Mädchen von hinten streichle, fasst sie bereits nach meinem Kerl. Auch ihr gefällt es, daß ich sie bereits wieder begehre. Wir beginnen schon wieder mit intensiven

*Küssen. Sie versucht die Lage unter
Kontrolle zu bekommen und sucht etwas in
der Tasche. Ich schiebe meine Finger
daraufhin in den Slip und gleite zärtlich in
ihre Frau. Sie dreht sich jedoch weg.
Allerdings nur, um nach mir zu greifen.
Dann wird mein Slip zur Seite geschoben.
Sie holt meine Pracht aus dem, bereits
wieder viel zu engen, Höschen und beginnt,
vor mir kniend, meinen Kerl mit den Lippen
zu verwöhnen. Das wird jetzt langsam
etwas viel.
Was ist das für eine scharfe Hexe!
Statt sich zu wehren, geht sie sofort auf eine
zweite Nummer ein! Was ein Glück, das
Netty nicht so ein Luder ist.
Hilfe! Bitte, bitte Anni, lasse nicht von mir
ab!
Ich bin hin und her gerissen. Super gerne
würde ich sie erneut vernaschen.
Aber irgendjemand müsste sich auch mal
um die Kinder kümmern. Doch was soll's?
Hermine hält mich eh für einen primitiven
Scheißkerl und Rabenvater. Dann wollen
wir dem Klischee mal entsprechen.
Ich fasse Anni sanft im Nacken und mit
leichtem Druck in denselben, während ich
sie dort streichele, führe ich sie, wie sie es
mir am besten besorgen soll.
Was ist das geil. Leider bin ich total
ausgepumpt und erschöpft, das Blut
verschwindet aus meinem Kopf.
Ich muß mich hinlegen. Sie bleibt aber
eisern mit ihren weichen Lippen und der
spitzen Zunge an meinem Kerl. Sie will
mich.*

*Leider wird das so schnell hintereinander
nix. Jedenfalls nicht mit diesem
zuckersüßen Mund. Als ich ihr eröffne, daß
ich sie gerne von hinten beglücken würde,
ist sie aber auch gleich Feuer und Flamme.
Beim Hinlegen streift sie schnell das kleine
Höschen ab.
Ich bin sofort über ihr. Schnell schiebe ich
meinen Mann zwischen ihre Schenkel und
streichele damit erstmal ihre Knospe.
Oh das gefällt. Sie kommt fast jetzt schon.
Das Blasen macht sie wohl auch geil, so
schnell, wie sie jetzt anspringt. Kurz bevor
sie am Ziel ist, stoße ich plötzlich in sie
hinein.
Lustvoll zuckt sie zusammen, stöhnt auf und
greift sofort nach mir, damit ich dichter an
sie herankomme. Ich tue ihr den Gefallen.
Ich lege mich auf sie und mit kräftigen,
langsamen Stößen bringe ich sie
schnellstens auf den Höhepunkt. Fast
zeitgleich, kommt es auch mir und ich
entlade mich in sie.
Was ist das herrlich, wenn ihre Frau
meinen Kerl so fest umklammert!
Gefühlt liegen wir noch Stunden so da.
Dann kann ich mich langsam wieder
bewegen. Wie man es von einem
triebgesteuerten Scheißkerl wie mir
erwartet, drehe ich mich zur Seite und will
liegenbleiben.
Anni ist putzmunter. Sie Lächelt mich
glücklich an. Küsst mich und sagt: „Bleib
ruhig liegen, ich gehe hoch zu den
Kindern." Was will Mann mehr?*

Ein Jahr ist fast vorbei

Mittlerweile ist es Ende November. Vor fast
einem Jahr stand ich auf dem Schulhof und
fragte mich,
„Was mache ich hier eigentlich?!"
Und heute?
Heute, sitze ich beim Frühstück. Netty
schläft noch. Ich habe von abendlichem
Whiskey mittlerweile auf Tee umgestellt.
Ich trinke ihn kannenweise. Höre dazu
Musik, am liebsten per Kopfhörer und kann
so ganz hervorragend abschalten. Immer
wieder kommen mir dabei sehr schöne
Szenarien in den Sinn.
Das ist fast wie früher mit Ulli, meiner
platonischen Liebe. Da hatte ich auch
immer diese geilen Phantasien. Leider
mußte ich mir dann selbst die Erleichterung
verschaffen.
Mal sehen wie das heute läuft. Doch nicht
so schnell, erstmal muß die Vorstellung im
Kopfkino beginnen.

Frühstück

Ich bin sitze am Tisch, beim Frühstück,
Anni neben mir. Während wir essen und uns
unterhalten, gleitet Ihre Hand zwischen
meine Schenkel. Sanft streichelt sie mich.
Ich spüre die zarten Finger sehr deutlich,
habe ich doch nur einen dünnen Slip an.
Hammer!
Nach kurzer Zeit hat sie etwas Hartes in
der Hand. Doch das reicht ihr scheinbar
nicht.
Sie macht weiter, bis ich es nicht mehr
aushalte. Ich hole den Prachtkerl heraus.
Sie freut sich. Zärtlich streichelt sie ihn
weiter.
Dieses Luder!
Langsam beugt sie sich zu mir herüber, gibt
mir einen flüchtigen Kuss und beginnt
dann, meinen harten Freund mit ihren
süßen Lippen zu liebkosen.
Was ist das geil!
Im Wechselspiel mit Zunge und Hand bringt
sie mich an den Rand des Wahnsinns.
Ich beginne nun, ihre Frau zu streicheln.
Immer stärker bedränge ich sie mit den
Fingern. Schließlich frage ich sie, ob sie
sich etwas Bequemeres als die Bank in der
Küche vorstellen kann.
Kann sie.
Wir stehen auf und lassen den Kaffee
einfach stehen. Im Nachbarzimmer steht
eine betagte Couch, doch bevor wir dort
landen bleibe ich immer wieder stehen und
ziehe sie zu mir heran.
Ich küsse sie intensiv. Meine Hände
streicheln dabei ihren geilen Arsch und

*verschwinden auch tief zwischen ihren
Schenkeln. Dankbar dafür, nimmt sie immer
wieder meine Bälle in ihre zarten Hände
und drückt sie, als wolle sie sie auspressen.
Gemach Mädchen.
Das kommt erst, wenn ich tief in Dir bin!
Irgendwann sind wir an der Couch, ich
setze mich.
Ich dachte, sie setzt sich daneben.
Doch nein, die kleine Sklavin nimmt sich
ein Kissen und kniet vor mir nieder. Dann
nimmt sie erneut mein steifes Ding in den
Mund und bereitet mir unendliche Wonne.
Meine Hand führt dabei ihren Kopf.
Abwechselnd umschließt sie meinen Mann
oder meine Bälle mit den Lippen. Sie zieht
an ihnen oder drückt sie mit der Zunge. Sie
saugt daran, als wenn sie sie verschlingen
will.
Wow ist das geil, ist sie geil!
Dann geht die Zunge wieder die Naht
entlang nach oben, bis an die Spitze meiner
Eichel und dann taucht er wieder in ihren
Mund ein. Sanft beißt sie mich.
Irgendwann halte ich es nicht mehr aus und
ziehe sie hoch. Sie folgt mir willig und lässt
dabei die Hüllen fallen.
Was für ein geiles Weib!
Ich kann nicht anders und stürze mich
sofort auf sie. Recht stürmisch, aber
trotzdem gefühlvoll dringe ich von hinten in
sie ein.
Wow ist das geil, wenn ihre Weiblichkeit
meinen kleinen großen Mann so eng
umschließt.
Auch ihr bereitet es, mich in sich zu spüren,*

*so viel Vergnügen, daß sie erzittert. Jeder
Stoß von mir lässt sie lustvoll aufstöhnen.
Sie genießt den harten Eindringling. Man
bekommt den Eindruck, daß diese süße
Hexe von Anfang an vorhatte, einen heißen
Ritt auf dem Besen zu bekommen. Also
eigentlich wird sie eher geritten!*
Nun gut, wenn sie es so will!
*Immer wieder gebe ich Anni harte Stöße.
Zwischendurch erhebe ich mich, um zu
sehen wie sie vor mir liegt. Nackt und
wunderschön. Ihr geiler, wunderschöner
Hintern törnt mich immer wieder an. Ich
muß ihn anfassen. Sie stöhnt auf als ich sie
stoße und die Hände gleichzeitig ihren
Prachtarsch packen.*
Das gefällt Dir, Du Luder!
*Ich beuge mich vor und streiche mit meinem
Kinn über ihren Rücken. Sie bäumt sich auf.
Das Schauern, wenn der Rücken
gestreichelt wird und gleichzeitig stramm
gefickt zu werden, rauben ihr fast die Sinne.
Nun dauert es nicht mehr lange, sie beginnt
zu beben und schwer zu atmen. Sie kommt.
Sie genießt mich ganz und gar.*
Doch so leicht kriegt sie mich nicht. Sie
muß weiter leiden. *Ich lege mich wieder auf
sie. Sie wird weiter durch meine Lanze
traktiert. Doch sie hält stramm dagegen.
Wird immer enger.*
Du hältst mich nicht fest! Ich mache mit Dir
was ich will! *Das zeige ich ihr durch
weitere, wilde Stöße.
Sie wimmert vor Freude.*
*Ich hauche ihr ins Ohr, ob sie jetzt etwas
essen möchte.*

Sie sagt, erst wenn ich alles vernascht habe.
Du willst es nicht anders! Ich halte kurz
inne. Dann beginne ich, den fleischgewordenen
Massagestab gefühlvoller und langsamer in
ihr zu bewegen. Das treibt sie erneut auf
den Gipfel der Wollust. Nachdem sie ihren
zweiten Höhepunkt erlebt hat, lasse ich
mich gehen. Ich spritze in sie hinein, daß
sie erneut aufstöhnt.
Sie genießt es benutzt und beschmutzt zu
werden. Sie ist eine ganz schlimme Hexe,
ein wildes Luder.
Ein Moment genieße ich noch, wie sie mich
festhält und ausquetscht. Sie spannt sich an.
Sie will jeden Tropfen. Dann gleite ich
langsam aus ihr hinaus.
Erschöpft lasse ich mich neben sie sinken.
Sie erfasst meinen müden Krieger und
streichelt in bereits wieder liebevoll.
Zeitgleich bedankt sie sich mit Küssen für
dieses schöne Frühstück. Wir nehmen uns
die Decke, die hier liegt und schlafen
darunter, nebeneinander und zufrieden ein.
Etliche Minuten später erheben wir uns
langsam und kehren in die Küche zurück.
Es gibt frischen Kaffee und wir schmusen
noch eine Weile miteinander, während wir
ihn dieses Mal austrinken.

Netty betritt die Küche und unterbricht den
Film, der eigentlich schon am Ende war.
Sie beugt sich zu mir herunter und gibt mir
einen Kuss. Dabei sieht sie wohl, meinen Prachtkerl aus
dem Schoß ragen. Tja das Kopfkino war
anregend. Doch sie fragt nicht. Sie spürt
meine Hand an ihrem Hintern. Daraufhin
nimmt sie die andere Hand und zieht mich
hoch. Als ich mit dem Ständer vor ihr stehe,
küsst sie erst mich, dann meinen strammen
Mann zärtlich und geht langsam in
Richtung Schlafzimmer. Sie zieht mich
hinterher.
Ich verstehe nicht ganz, aber folge ihr
willig. Im Schlafzimmer bleibt sie vor dem
Bett stehen.
Sie läßt das Oberteil des Negligés zu Boden
fallen und steht mit ihren strammen
Brüsten, von denen mich die Nippel
anlächeln, vor mir. Dann fällt auch der
hauchdünne Slip von ihr. In voller Pracht
steht dieses Rasseweib vor mir.
Ich reiße meine wenigen Klamotten vom
Leib und stürze mich auf sie. Sie genießt es,
wie ich mich im Sturm über sie hermache.
Über eine Stunde später sind wir wieder
oben.
Der Tee ist mittlerweile kalt.
Wir brühen uns einen frischen Kaffee. Der
Tisch ist ja ansonsten schon gedeckt.
Während wir uns beim Essen noch etwas
streicheln und schwatzen, stellt Netty mal
wieder fest, daß sie dieses stürmische
Verlangen am Morgen bisher nicht kannte.
Sie mag sie aber mittlerweile sehr. Genauso

wie den Mittagsschlaf mit tiefer
Entspannung aber ohne Schlaf, oder das
Ablenken vom Fernsehprogramm mit einer
spitzen Zunge.
Aber auch ich muß zugeben, daß ich
Liebesspiele in dieser Form nicht gewohnt
bin.
Es gefällt mir jedoch sehr, daß sie mir in
fast jeder Situation folgt und sich mir willig
hingibt.
Obwohl ich mich eben schon gefragt habe,
als sie mich ins Schlafzimmer schleppte, ob
auf meiner Stirn geschrieben steht, Ich will
Dich JETZT ficken!
Wir haben viel Spaß miteinander.
Sehr viel.
Natürlich gibt's so viel Spaß nicht umsonst.
Mittlerweile beginnt sie auch bei mir etwas
zu verändern. Ich passe Verhaltensweisen
an.
Die sichtbarste Änderung wird das zweite
Kinderzimmer.
Beim Renovieren ihrer Wohnung ist Netty
auf den Geschmack gekommen. Deshalb
hat sie, ehe ich mich versehe, alles
vorbereitet, um das Zimmer umzugestalten.
Natürlich haben wir alles besprochen. Aber
bei Farben wie zartlila muß ich als harter
Kerl natürlich streiken. Auch wenn es sich
zwei Mädels wünschen.
Aber Netty kriegt trotzdem was sie will.
Nein, nicht mit Entzug. Plötzlich stand die
Farbe da. OK, dann wird's wohl doch lila.
Um zu verhindern, daß noch mehr nach
ihrem Kopf läuft, muß ich das Heft des
Handels in die Hand bekommen.

Sie ist Tanzen, ich habe abends Zeit, also wird die Bude geräumt.
Alles kommt aus dem Zimmer raus.
Dann beginne ich vorsichtig, die Tapete, am Übergang von der Decke zu den Wänden, zu entfernen. An dieser Kante hatte die Tapete an der Decke und der Wand sich leicht gelöst. Der Rest war aber noch bestens. Deswegen soll nur gemalert und nicht tapeziert werden.
Wie befürchtet, ist der Putz unter der Tapete lose. Super!!!
Ohne die Tapete zu beschädigen darf ich nun den Putz flicken. Geile Nummer.
Ich liebe solche Sisyphus – Arbeiten!
Irgendwann, tief in der Nacht, habe ich dann keine Lust mehr und mache erstmal eine Pause. Der Raum sieht wie nach einer Bombenexplosion aus.
Egal.

Der nächste Tag hält dann eine große Überraschung für mich bereit. Ich habe mich etwas verspätet auf dem Weg von der Arbeit nach Hause. Als ich zu Hause ankomme, ist Netty bereits da.
Und sie war, unvorbereitet, in die Großbaustelle getreten.
Hui ist das ein liebevoller Empfang. Wenn die Mühe auf der Leiter immer so belohnt wird, tapeziere ich ganze Wohnviertel!
Glücklicherweise muß der Reparaturputz noch abbinden, somit ist es nicht schlimm, daß sie mich quasi sofort in der Küche verführt.

Wofür so eine Küchentisch gut ist!
Ich glaube ich räume ihn jetzt immer
ordentlich ab. Mann weiß ja nie!

Ein paar Tage später, bin ich wieder alleine.
Da kann ich wenigstens mal arbeiten.
Jetzt gilt es, die gelösten Tapetenteile
wieder so an die Wand zu kleben, daß man
hinterher nichts von den Reparaturen
erahnen kann. Eine sehr fummelige,
schwierige Arbeit.
Aber auch das klappt. Bin ja mittlerweile
gut im Fummeln.

Schon am nächsten Tag kann ich schon mit
Malern anfangen. Wieder weiß Netty nix.
Somit gibt es, wie diesmal von mir
erwartet, wieder eine sehr süße Belohnung.
Aber die habe ich mir diesmal auch
wirklich verdient. Bei der Farbe, die ich
streichen mußte, konnte ich ja nur mit
geschlossenen Augen arbeiten. Das ist nicht
einfach.

Den folgenden Tag wird die Feinarbeit
gemacht. Diesmal mit Netty. Kantenziehen
und alle Ecken schön nacharbeiten und
ausmalen.
Es strengt an, aber abends sieht es doch
schön aus. Das sage ich natürlich nicht. Mir
kann doch kein Lila gefallen.

Nun räumen wir den nächsten Abend das
Zimmer ein und dann kommen auch schon
wieder die Kinder.
Das gibt aber große Augen! Die Kids sind

hin und weg. Das Zimmer ist komplett neu
gemalert und teilweise umgeräumt. Vor
Wochen hatten wir mal nach einer Farbe
gefragt, aber das haben sie natürlich schon
lange vergessen. Das Zimmer gefällt ihnen.
Netty freut sich mit ihnen und ich darf es
bestimmt heute Abend wieder auskosten.

Netty hinterlässt auch an anderen Stellen
ihre Spuren.
Noch immer kommt Hermine mit
irgendwelchen Wünschen um die Ecke, was
sie noch unbedingt braucht.
Netty hat aus der Tatsache, daß wir ständig
irgendwelchen Krempel suchen müssen,
eine Tugend gemacht.
Sie arbeitet sich Stück für Stück durch alle
Räume, Schränke und Kisten und sortiert
aus.
Was auf Hermines Zetteln steht, das geht
natürlich weg.
Was wir eigentlich nicht gebrauchen
können, das schiebe ich dann einfach mit zu
Hermine ab. Zum Beispiel vier
Umzugskisten mit Weihnachtsdeko!
Trotzdem haben wir noch etwas für uns
behalten!
Das Ende vom Lied ist, daß wir nach
mehreren Wochen einen komplett leeren
Einbauschrank und eine halb leere
Kleiderkammer haben.
Ich finde das schön. Sehr schön.
So schön, wie Netty.
Vor gut einem Jahr hätte ich mir das nicht
träumen lassen. Ich bin zufrieden, mit fast
jedem Tag, den ich nun so erlebe.

Und das trotz, oder vielleicht wegen der
tiefgreifenden Änderungen in meinem
Leben im letzten Jahr.

Ich freue mich sogar, auf Weihnachten.
Dann lerne ich endlich ihre Familie kennen.
So etwas wäre früher der Horror für mich
gewesen.
Sie hat mich ganz schön umgekrempelt!
Sie ist meine Liebste.
Sie ist nicht nur ein geiles Weib.
Sie ist auch eine wunderbare Therapeutin
und ein liebenswerter Mensch.
Ich muss glücklich sein, sie getroffen zu
haben und mit ihr leben zu dürfen.
Ich hoffe, daß uns diese Freuden noch lange
vergönnt sind.

Der einzige Wermutstropfen bei all diesen
Freuden, sind die Kinder. Ihre Situation ist
bestimmt nicht die schlechteste.
Immerhin verstehen wir Vier, Hermine als
ihre Mutter, Henriette als ihre neue
Partnerin, Netty als meine neue Partnerin
und ich der Papa, uns mittlerweile so gut,
daß man alle Fragen besprechen und somit
schnell und gut klären kann.
Aber das ständige Hin und Her über die fast
100km ist, glaube ich, schon sehr belastend.
Ich finde es zumindest Scheiße.
Was die Kinder dazu denken, werden wir
wohl erst in fünfzehn Jahren wissen. Leider.
Naja, wir versuchen das zu machen, was
nach unserer Meinung das Beste für sie und
für uns möglich ist.
Ich hoffe, sie werden es eines Tages

verstehen.

Zu erwarten, daß sie uns dafür danken, ist mit Sicherheit zu viel erwartet.

Mal sehen, was das noch wird!

So sehe ich mit gemischten, aber deutlich positiveren Gefühlen als vor einem Jahr, der Zukunft entgegen.

Dabei genieße ich jeden Tag so gut es geht.

Das habe ich mir aus der Reha mitgenommen.

Ein merkwürdiger Tag

Heute ist es soweit.
Seit Tagen weiß ich von dem Termin.
Ich freue mich darauf.
Aber ich habe auch Schiß.
Ja. Ich gebe zu, ich habe Schiß!
Netty's Schwager hat Geburtstag. Ist ja
nicht so schlimm. Kann jedem passieren.
Natürlich sind wir eingeladen. Ja genau.
Wir sind eingeladen. Genau wie ihre Eltern
und eine Menge Freunde. Sogar der Bruder
ihres Mannes kommt. Und ich.
Ich kenne nur sie. Und habe über die
Anderen gehört. Quasi nur Gutes. Und daß
sie für sie sehr wichtig sind.
Über mich haben sie bestimmt auch viel
gehört. Aber ein Bild hat keiner. Nur ein
„Vorurteil" und den Ehemann im Kopf.
Und viele sind bestimmt gespannt, was das
für ein Typ sein muß, für den sie quasi alles
aufgibt.
Ein Wahnsinnstyp, soviel ist für die anderen
wohl klar.
Aber der Typ kann heute wohl nicht und
schickt deshalb mich Würstchen.
Scheiße!
Das kann doch nicht gut gehen.

Achtzehn Uhr fünfzig.
Vera öffnet die Tür.
„Ach, hallo Ihr seid schon da?!"
„Ja, ich muß mal ganz schnell auf die
Toilette!" spricht Netty und ist
verschwunden.
Super. Und ich stehe alleine auf dem Flur,

mit einer fremden Frau. Das startet ja gleich richtig geil.
Doch Vera, Netty's Schwester, lässt sich, durch mein schüchternes Gehabe, nicht beeindrucken. Herzlich, wie jeder, werde ich gedrückt und mit einem Küsschen versehen.
Und sofort, als würden wir uns ewig kennen, erklärt sie mir, daß Netty mit ihrem Mann nie pünktlich war. Obwohl sie nur zwei Straßen weiter wohnten.
Mit uns hat man daher, bei der Strecke von 30km, noch lange nicht gerechnet. Sie freut sich aber riesig, mich kennenzulernen. Nun muss sie aber erst mal in die Küche, da sie gerade das Büfett eröffnen will.
Elegant reicht sie mich an den Jubilar weiter, erklärt kurz, wer ich bin und entschwindet.
War das zu schnell? Das ist aber das Originaltempo. Vera ist ein wahrer Wirbelwind, wie Netty mir schon vorher sagte. Aber so schnell, daß hatte ich nicht erwartet.
Egal. Ich bin schon bei Ihrem Mann, dem Geburtstags"kind" angelangt.
Ich gratuliere ihm verlegen und stammele, daß die Geschenke in Netty's Sachen sind und sie ist auf Toilette.
„Macht nix", sagt er, „da kommt sie ja wieder runter und die Geschenke rennen ja nicht weg".
Netter Typ, der Schwager von Netty. Leider klingelt es.
Er schiebt mich also ins Wohnzimmer.
„Such Dir schon mal einen Platz. Es geht

gleich los".
Ja, daß ich heule oder so.
Das ganze Wohnzimmer ist voller Leute.
Und ich kenne keinen Einzigen. Die
meisten sind meine Altersklasse, aber es
gibt auch mehrere ältere Paare.
Damit kann ich nicht mal zweifelsfrei
Netty's (und Veras) Eltern bestimmen.
Obwohl ein relativ lautes Gemurmel im
Raum hängt, habe ich den Eindruck, daß
sich alle umdrehen, als Uwe sagt: „Das ist
Mark!" Ich klopfe verlegen auf den Tisch
und sage „Hallo!".
Was ein Scheiß Auftritt! Aber zu spät. So
etwas nimmt man nicht mehr zurück.
Endlich!
Endlich steht sie hinter mir. Netty ist wieder
da. Sie mischt sich sofort unter die Leute
und nimmt mich mit.
Ich bin überrascht. Alle sind total nett.
Schütteln uns kurz die Hand, oder besser
umarmen sie UND mich herzlich, und
beginnen kurzen Smalltalk mit uns. Ganz
locker. Super. Mein Magen entkrampft sich
langsam.
Genau zum richtigen Zeitpunkt. Das Büfett
wird eröffnet. Da ich eh nix zu tun habe,
schlendere ich gleich mal in die Küche. Mit
etwas Essen im Mund muß man nicht so
viel reden!
Was bin ich clever!
Kurze Zeit später sitze ich mit leckerem
Kartoffelsalat und Bouletten neben Netty.
An diesem Vierer Tisch sitzen und essen
außer uns noch Michael und Rita. Er ist der
Bruder von Annis Ehemann Ingo!

Scheiße!!!
Doch denkste. Der Small Talk mit Netty,
bezieht sehr schnell auch mich mit ein.
Michael erklärt mir die Probleme, die
meine neue Flamme mit seinem Bruder hat.
Wie abgefahren ist das denn?
Zwischendurch klärt seine Frau die
persönlichen Verhältnisse bei mir ab.
Die beiden sind echt ein Phänomen.
Mit allem hätte ich gerechnet, aber nicht
mit so einem netten und offenen Plausch
über Familienprobleme, die ich mit
ausgelöst oder zumindest sehr verstärkt
habe.
Leider verlassen die Beiden nach dem
Essen die Party.
Sie gehen noch zu seinem Bruder! Er hatte
auch gerade Geburtstag...!
Ich habe mich mittlerweile mal wieder in
die Küche abgesetzt und beschäftige mich
mit den Gästen dort.
Während ich sie mit Quatschen ablenke
fülle ich zum x-ten Mal meinen Teller. Man
ist das lecker hier.
Nach mehreren Stunden hat sich die
Gesellschaft doch massiv gelichtet. Wir
gehören mit zu den letzten vier Pärchen und
sitzen nun schon gemütlich auf der Couch
um den Wohnzimmertisch.
Ich habe mittlerweile das Gefühl, dazu zu
gehören.
Und nicht nur das. Ich habe auch die
Einladung für Weihnachten in der Tasche.
Doch es gibt noch mehr. Damit wir unsere
Weihnachtstermine halten können,
verschiebt *MEINE* neue Familie sogar ihren

Weihnachts – Gänsebraten!
Unglaublich diese Leute!
Und nach einem wunderbaren Abend, gibt
es wieder viel Küsschen und viel Drücken,
bevor wir uns wieder nach Hause, auf
meinen Hof begeben.
Netty ist etwas müde. Aber meine Hand, die
sich immer wieder unter ihren Rock
schiebt, verhindert, daß sie im Auto
einschläft.
Im Gegenteil. Sie macht sie sogar so
munter, daß ich im Bett nicht schlafen kann.
Netty hat mein Auftritt bei Ihrer Familie
wohl gefallen.
Ich interpretiere die Tatsache, daß sie gleich
im Bett direkt zu mir rüber rutscht, mal als
Anerkennung.
Zielgerichtet wandert ihre Hand an meinen
kleinen Freund und beginnt ihn sanft zu
streicheln. Die zarte Hand und die
gleichzeitigen Küsse verfehlen zwar ihre
Wirkung nicht. Aber auch ich bin müde und
schlafe mit einem angenehmen Gefühl
zwischen meinen Beinen ein. Dabei gleite
ich in einen Traum, über den man lieber den
Mantel des Schweigens breiten sollte.
Ach, was ein schöner Abend, was eine
geiler Spätabend, Gute Nacht!

Träume
Ich liege erschöpft im Bett. Auf dem
Rücken. Anni ist noch im Bad. Ich dämmere
so vor mich hin, als sie leise in das
Schlafzimmer tritt. Sie legt sich vorsichtig
hin und rutscht zu mir herüber. Ihre zarten
Finger gleiten unter meine Decke, während
sie etwas Belangloses erzählt. Plötzlich
spüre ich die Finger an meinem müden
Krieger.
Sie streichelt ihn liebevoll. Das fühlt sich
toll an. Richtig schön.
Ich bin fast eingeschlafen, als ich spüre, wie
sie den leicht erwachten Mann mit der
Hand umschließt und mit rhythmischem Auf
und Ab, die Bewegung imitiert, die ich sonst
ihn ihr mache.
Mädchen, ich bin müde!
Hör,
hör
Bitte nicht auf!
In kurzer Zeit hält sie einen harten Mann in
der Hand. Sie macht weiter. Langsam werde
ich munter. Sie streichelt mich jetzt wieder
zart.
Während sie meinen Prachtkerl weiter mit
den Fingern verwöhnt, beginne ich mich
zur Seite zu drehen. Ich will an ihren
Nippeln spielen.
Meine Hände schieben sich unter ihre
Decke und lecken ihre nackten Brüste frei.
Eine Hand verweilt an der rechten Brust
und streichelt diese gefühlvoll. Die linke
nehme ich mir mit dem Mund vor.
Mit Lippen und Zunge, die an ihrem prallen
Nippel spielen, bringe ich sie dazu, daß sie

unter mir vor Verlangen zuckt. Sie raunt mir
zu, daß sie sich gerne umdrehen würde.
Tja würde.
Ich will aber noch von ihrer Rose kosten.
Ich gleite also mit der Zunge langsam über
ihren Körper. Ich gleite zwischen ihre
Schenkel, die sie bereitwillig öffnet.
Da ist sie, diese wunderbar duftende Rose,
in die ich meine Zunge sofort versenke. Sie
stöhnt auf. Kurz durchzuckt sie das
Vergnügen. Doch auch die kleine Knospe,
die sie mir darbietet, liebkose ich. Sie
streichelt mir den Kopf und bittet mich
erneut stöhnend, sie von hinten zu nehmen.
Na bitte.
Sie hat es so gewollt. Kaum, daß sie
wehrlos auf dem Bett liegt, falle ich über sie
her und dringe sanft aber bestimmt von
hinten in sie ein.
Was ist das für ein geiles Gefühl. Eng,
warm, feucht und weich erwartet ihre
Lustgrotte meinen Eindringling. Sie will
mich, das ist deutlich zu spüren.
Diese Frau ist großartig!
Und ich bin anscheinend auch nicht ganz
schlecht.
Zumindest bäumt sie sich vor Lust auf. Mit
lautem Stöhnen beginnt sie zu beben.
Irgendetwas ist mit ihr. Aber wenn sie
denkt, jetzt ist Schluss, hat sie sich
getäuscht.
Ich lasse mir Zeit. Genieße ihren
wunderbaren Körper mit den Händen.
Ich streichle ihren Rücken, greife ab und an
kräftig zu, wie ein Masseur und verwöhne
ihn dann mit den Lippen. Sanft ziehe ich

meine Finger über ihre Seiten. Das kitzelt und jagt ihr wohlige Schauer durch den Körper. Sie will sich drehen, aber ich sitze auf ihr und steck tief in ihr. Nur minimal kann sie sich bewegen.

Sie muß es ertragen und ich genieße, wie sie sich unter dieser zarten Pein windet. Sie dreht sich leicht zu Seite. Der Ansatz ihrer Brust strahlt mich an.

Sofort schiebe ich die Hand unter sie und packe das pralle Ding. Sie dreht sich auf den Bauch, doch zu spät. Meine Hand knetet ganz vorsichtig diese schöne Brust. Sie weiß gar nicht mehr, von wo überall die Reize kommen, denn ich bin die ganze Zeit hart und in ihr.

Mit wechselnd starken Stößen und den Fingern an ihrem steifen Nippel, bringe ich sie nach kurzer Zeit erneut zum Beben.

Nun kann auch ich nicht mehr an mich halten und mache sie nass.

Ist das geil. Sich in ihr gehen zu lassen, während sie mich noch stärker umschließt. Zu spüren wie ich in sie abspritze. Einmal, zweimal, x- mal. Wie die Spannung sich löst.

Von so einer Frau, so eng umschlossen zu werden ist Wahnsinn.

Eine Weile bleibe ich noch auf ihr liegen, während sie mich immer noch eng umklammert mit ihrer Weiblichkeit.

Dann gleite ich langsam hinaus und wir kuscheln uns aneinander, um endlich zu schlafen.

Weihnachten

Die Feuertaufe habe ich nun bestanden.
Aber die nächste Herausforderung steht
schon vor der Tür. Weihnachten.
Nein, nicht die Geschenke sind das
Problem. Ich habe zwar spät den zündenden
Gedanken gehabt, aber mittlerweile ist alles
klar und wenigstens bestellt. Ich bin
zuversichtlich, daß alles pünktlich kommt.
Ich mag eigentlich Weihnachten nicht.
Dieses ganze Familiengetue geht mir
tierisch auf die Eier.
Als Kind war es noch spannend. Da durfte
ich, das einzige Mal im Jahr, die
Modelleisenbahn im Wohnzimmer
aufbauen und auch über Nacht stehen
lassen. Nachdem ich die Eisenbahn, im
eigenen Zimmer, als Platte hatte, war das
aber auch nicht mehr interessant.
Je größer ich wurde, umso uninteressanter
wurde das Sitzen um den Weihnachtsbaum.
Naja, bei uns herrschte noch nie so eine
anheimelnde Atmosphäre im Wohnzimmer.
Warum sollte das ausgerechnet am
Heiligabend anders sein?
Manche Jahre bin ich mit einem Kumpel
durch unsere Stammkneipen gezogen. Dort
fanden wir es geselliger.
Als dann Hermine, meine Ex, auf den Plan
trat, waren wir Weihnachten nur noch
unterwegs. Bei beschissenstem Wetter von
einer Oma zum nächsten Elternteil. Immer
um die 100km! Spätestens da war ich mit
Weihnachten durch.
Besonders die Tatsache, daß sich viele das

ganze Jahr über nicht ausstehen konnten,
aber zu Weihnachten saß man unter dem
Baum und glotzte sich mit aufgesetztem
Lächeln freudestrahlend an, kotzte mich
total an. Ätzend dieses Schauspiel.
Beim Auspacken der Geschenke wurde
einem die Videokamera so dicht vor die
Augen gehalten, daß man das Geschenk
nicht mehr sah. Und sobald man sich
umdrehte, wurde über einen gelästert und
her gezogen.
Der Einzige, den ich seit einigen Jahren an
den Weihnachten wirklich gerne besuche ist
mein Kollege Otto.
Er beendet am 1. Weihnachtsfeiertag mit
selbstgebauten Burgern die Grillsaison. Das
ist mal was Reelles. Nicht dieser ganze
Gänse und Klöße Schmarrn.
Burger zum Selberbauen. Das Fleisch und
die Brötchen liefert er von draußen vom
Grill. Den Rest legt man drinnen dazu. Alle
die, die sich das ganze Jahr in seinem Büro
um die Kaffeemaschine scharen, sind hier
auch zu finden. Dazu noch seine Familie
und ein paar private Freunde. Insgesamt
eine super Truppe. Und hier ist nur dabei,
wer dabei sein *WILL*!
Das macht eine ganz andere Atmosphäre.
Hier wird jeder im gleichen Maße
durchbeleidigt, mancher mehr, mancher
weniger. Es wird kein Blatt vor den Mund
genommen und Geschenke gibt's auch.
Wir bringen Dreck mit in die Hütte rein und
er verteilt die Reste der Grillsaison. Auf
dieser Ebene sitzt man Stunden zusammen
und es ist einfach nur geil.

Tja, und dieses Jahr ist nun alles anders.
Netty und ich haben bis zum Heiligabend
die Kinder. Nun war die Frage, wie machen
wir das alles?
Also haben wir mal einen ganz verwegenen
Plan entwickelt.
Am Morgen des 24., nach dem Frühstück,
wird alles zusammengeräumt, was die
Kinder bei hatten. Gegen zehn Uhr müssen
wir in Perlenberg sein. Auf dem Weg zu
Hermines Ranch, fahren wir also noch bei
Oma und Opa vorbei.
Als wir dort ankommen, erfahre ich, daß
gerade das letzte Geschenk vom
Kurierdienst geliefert wurde. Oma fiel ein
Stein vom Herz!
Leni und Nicole, die Kinder, sind natürlich
aus dem Häuschen, als sie die Geschenke
sehen, die Opa im Wohnzimmer für sie
aufgebaut hat. Der Kartoffelsalat, den es
dann diesmal schon zum Mittag gibt,
berührt die Kids quasi gar nicht. Na gut,
bleibt mehr für mich!
Wir lassen sie noch etwas mit den neuen
Sachen spielen und trinken noch einen
Kaffee. Dann müssen wir weiter.
Hermine und Henriette, ihre Freundin,
warten schon. Nach den üblichen, fast
100km Fahrt erreichen wir ihre Ranch. Der
Empfang ist dem Winter angepasst. Kühl.
Wir übergeben die Kinder und wünschen
ihnen ein schönes Fest und einen guten
Rutsch und verschwinden.
Es ist doch ein bisschen sentimental, aber
zugleich auch unerträglich auf diesem Hof.
Ich habe zwar gesehen, daß ihre Mutter

hinter dem Fenster lauerte und mich
gesehen hat, aber warum sollte man (sie)
etwas sagen?
Ich habe keinen Bock mehr auf diese
Scheiße.
Dieses Versteckspielen und immer den zum
Buhmann machen, bei dem man es gerade
braucht.
Gestern tuschelt sie noch über Hermine und
Henriette, wie schlecht sie sind. Als ich
nicht energisch genug, in ihrem Sinne, mit
dagegen vorgehe, bin auch ich wieder ein
Arsch.
Den Blick für die Realität hat meine Ex –
Schwiegermutter schon lange verloren. So
verstrickt sie sich jeden Tag mehr in diesen
Intrigen.
Eine Tochter hat sie so schon verloren. Jetzt
ist sie bei der Zweiten auf dem besten Weg
dahin. Aber Schuld sind immer die
Anderen.
Es kotzt mich an. Auch deshalb will ich nur
weg hier.
Das einzig Gute am Selbstmord meiner
Schwägerin damals war, daß Hermine und
ich dadurch nicht hier auf den Hof gezogen
sind.
Ich würde sonst hier wohnen! Ich kann gar
nicht verstehen, daß ich das mal ernsthaft in
Erwägung gezogen habe.
Sooft hat Hermine mir keinen geblasen, daß
das Hirn hätte so weg sein können. Na egal,
es kam nicht dazu und so wohne ich immer
noch in der Zivilisation.
Mittlerweile mit einer Frau, die es wirklich
versteht, meine Glocken zum Klingen zu

bringen. Aber ich schweife ab.

Also wieder auf die Piste und diesmal über 100km fahren.

Es geht aber nicht nach Hause an den heimischen Herd.

Nein, es geht zu Vera und Uwe. Sie hatten zu seinem Geburtstag noch die Einladung zum Heiligabend ausgesprochen.

Es gibt also *NOCH* einen Abend in Familie.

Sozusagen das zweite Fest.

Ich weiß gar nicht, ob ich es schon erwähnte? – Ich hasse Weihnachten!

Schön, daß wir dahin fahren! Das ist dann so mit Singen und so!!!

Wie war das eben mit dem Hirn wegblasen?

Also OK, das kann sie, aber ist es das wert?

Gehen wir zwischendurch mal kurz auf die Toilette? Schieben wir dort eine heiße Nummer?

Wie soll ich das aushalten?

Scheiß Weihnachten!

Etwas früher als bestellt sind wir da. Man ist überrascht, aber nicht mehr so doll, wie zum Geburtstag.

Obwohl, wir hatten wieder den weitesten Weg und sind mit die Ersten. Das gefällt mir schon besser.

Leider habe ich Vollidiot das Geschenk für Netty vergessen. Genau genommen habe ich es nicht vergessen, ich habe es nicht mehr gefunden!!!

Also es gibt noch ein Geschenk, daß in Ihrer Tüte liegt. Aber ich habe einen schönen Ring, den sie von mir bekommen sollte. Der ist weg!

Scheiße, was bin ich blöd! Der Beweis, daß

sie mir das Hirn weggeblasen hat? – Egal,
es war wunderschön!
Ich gestehe mein Missgeschick gleich allen
ein, schließlich ist Angriff die beste
Verteidigung. Was für eine Enttäuschung, aber es lässt
sich nicht ändern.
Ich komme jetzt wenigsten Mal mit ihren
Eltern ins Gespräch, da wir noch „unter
uns" sind. Später platziert Vera mich gleich
an ihrer Seite am Tisch. Da ist wohl jemand
neugierig!
Wir flachsen rum, behindern die Gastgeber
beim ordentlichen Aufbau des Büfetts und
warten auf die weiteren Gäste.
Mit etwas Verspätung geht es dann los.
Wieder mit einer kleinen Überraschung.
Es stand ewig nicht fest, ob Netty's Sohn
auch kommt. Er ist schon etwas über 20
wohnt aber immer noch im Haus bei ihrem
Mann. Ich habe ihn noch nicht
kennengelernt.
Heute ist es soweit. Er kommt doch.
Spannend. Mal sehen wie er auf mich
reagiert.
Quasi gar nicht. Er ist genauso verunsichert
wie ich, glaube ich. Er ist auch eher
zurückhaltend und so begegnen wir uns mit
einem freundlichen Hallo und das war's.
Naja, nicht der Hammer, aber immerhin
kein Kinnhaken.
Die Überraschung ist aber, daß er auch
nicht alleine da ist. Er hat seit kurzem eine
Freundin und die hat ihn heute kurzer Hand
mal begleitet. Das ist schön. Da
konzentriert sich nicht alles auf mich!

Aber ich sitze schon in einer tollen Ecke.
Links neben mir Netty. Da kann ich also ab
und zu mal eine süße Rose streicheln, wenn
ich zu aufgeregt bin. Rechts neben mir, an
der Stirnseite des Tisches, ihre Schwester
Vera, die mich vermutlich wie eine Zitrone
ausquetschen will. Auf dem Geburtstag vor
vierzehn Tagen hatte sie nicht die
Gelegenheit dazu. Mir gegenüber sitzen
Waltraud und daneben Konrad ihr Freund
und zugleich der Sohn von Netty. Das wird
heiter!
Ja, wird es. Also zumindest mit Vera. Sie
unterhält mich glänzend und fühlt sich wohl
auch von mir gut unterhalten. Wir haben
jede Menge Spaß. Konrad ist eh etwas
ruhiger, aber zumindest gibt es keine
Probleme zwischen uns. Im Gegenteil, es
gibt sogar ein paar freundliche Worte. Das
reicht mir für das erste Mal.
Das Essen ist wieder viel zu reichlich und
zu gut. So fresse ich, wie schon beim
Geburtstag, gegen jede Vernunft bis zur
Bewegungsunfähigkeit. Aber sehr zur
Begeisterung unserer Gastgeberin.
Nun kommt der erste peinliche Moment.
Die Geschenke auspacken. Aber es wird
recht nett gemacht. Wir würfeln. Und wer
eine Sechs hat, darf sich ein Geschenk
geben lassen. Das ist ganz lustig. Und es
dauert eine Weile.
Leider muß ich dabei nochmal öffentlich
gestehen, *DAS* Geschenk für Anni
vergessen zu haben! Aber es wird mit ein
paar Sprüchen abgetan und schnell
vergessen. So geht der Abend schnell

weiter. Wir quatschen ohne Unterlass.
Ich verdrücke mich mal aufs Klo. Wie der
Zufall es will, krame ich vorher in der
Tasche von meinem Blazer und was finde
ich?
Ja, den Ring! Ich Vollpfosten habe ihn
schon eingepackt, damit ich ihn nicht
vergessen kann. Leider vergaß ich, wo ich
ihn hin gepackt hatte!
Wie blöd ist das denn! Weggeblasen!!!
Nun, im rückwärtigen Zimmer habe ich ein
paar Minuten Zeit, um darüber zu sinnieren,
wie der Ring nun an Netty's Finger kommt.
Ich habe eine Idee, aber der Zufall hilft mir.
Als ich zu den Anderen zurückkehre,
kommt Netty mir entgegen.
So kann ich Ihr dezent das Geschenk
überreichen. Sie verschwindet. Als sie
zurückkommt, gibt es `nen richtigen dicken
Schmatzer für mich.
Da freut sich aber jemand riesig!
Und sie hat ihn gleich angelegt. Statt des
Eherings, den sie manchmal noch trug, weil
„sie sonst so nackt war".
Keiner hat etwas gemerkt.
Doch Vera, sie hat da wohl ein „Elster –
Gen".
Keine zehn Minuten sind vergangen, seit
Netty den Ring am Finger hat, da entdeckt
ihn Vera.
„Zeig mal" fordert sie, „oh, der ist aber
schön!"
„Wo kommt der her?" sprudelt es weiter aus
ihr heraus.
Stolz verrät ihr Netty, von wem sie so etwas
bekommt. Da habe ich wohl bei mehreren

Frauen gepunktet. Natürlich muß Vera
gleich noch einen Spruch dazu machen,
damit auch jeder am Tisch merkt, daß ich
mir Mühe gebe, Netty zu verwöhnen. Und
das kommt, glaube ich, bei der ganzen
Familie gut an.
Mittlerweile hat sich die Runde wieder
gelichtet und wir sitzen nur noch im Kreise
der engsten Familie am Tisch. Auch die
harten Stühle des Esstisches wurden gegen
die Couch getauscht. Gemütlich wird über
die verschiedensten Themen geschnackt.
Irgendwann treten Netty's Eltern und wir
den Rückzug an. Da noch reichlich Essen in
der Küche steht, werden wir gut
ausgestattet, für den fünfminütigen Weg in
Netty's Wohnung.
Heute bleiben wir gleich hier, bei ihr.
Keiner von uns hätte jetzt Bock auf die
Rückfahrt zu meinem Hof.
Und so sind wir bereits zehn Minuten später
bei Netty.
Beim Schleppen der vielen Geschenke und
Essensreste brechen wir fast zusammen.
Heute passiert nicht mehr viel. Da bin ich
mir sicher.
In Rekordzeit verschwinden wir im Bett.
Bloß nicht so wie ich dachte.
Der Ring hat ihr wohl doch sehr gefallen.
Zumindest kann Mann das annehmen, wenn
Mann ihre Hand zwischen den Schenkeln
spürt.
Ich bin aber zu müde und lege mich einfach
auf den Rücken. Mir schwinden langsam
die Sinne, ich dämmere weg.

Traumhafte WeihNacht

*Ich habe mich gerade ins Bett gelegt, als
Anni hinterher kommt. Ich bin wie immer
nackt. Wegen des vielen Essen liege ich auf
dem Rücken. Aus dieser Position kann ich
Anni gut zusehen, wie sie sich langsam
auszieht.*

*Erst fällt der Rock. Sie hebt ihn auf,
wodurch der kleine String ihren geilen
Hintern noch besser betont. Ganz lecker.
Nun öffnet sie die Bluse. Natürlich mit dem
Rücken zu mir. Sie ist eine anständige Frau.
Glücklicherweise hat sie den Spiegel
vergessen, vor dem sie steht. Ich kann ihren
BH bewundern, der beindruckend gefüllt
ist. Sie öffnet ihn langsam und nimmt ihn
ab, wie eine GoGo – Tänzerin.
Hat sie den Spiegel und den geifernden
Spanner entdeckt?
Rein zufällig spielt sie sich noch kurz an
ihrem prallen Busen, bis die Nippel stehen.
Bloß nicht zu laut hecheln, sonst ist die
Show vorbei.
Nun muß der Slip fallen. Auch ihn hebt sie
auf, ganz langsam bückt sie sich. Ihr
Hintern streckt sich mir wieder entgegen.
Ihre pralle Weiblichkeit kann man erahnen,
als sie vorsichtig die Beine hebt, um aus
dem Slip zu kommen. Dann stellt sie Bein
auf den Stuhl vor ihr und betrachtet eine
vermeintliche Blessur.
Ihre Scham ist sehr gut zu erkennen!
Schnell den Speichel abtupfen.
Sie verschwindet im Bad. Für mich die
Gelegenheit einzuschlafen, mir diesem
vollen Bauch und den wirren Gedanken.*

Ganz entfernt bemerke ich, wie Anni zurück kommt, sich in das Bett legt und an mich schmiegt.

Anscheinend ist sie aber nicht müde. Das eben sollte wohl doch das Vorspiel sein.

Jedenfalls spüre ich plötzlich zarte Finger zwischen meinen Schenkeln.

Ganz gefühlvoll spielen sie mit meinem matten Männchen. Die Fingernägel kraulen meine Bällchen.

Boooh ist das geil!

Tja und nach den Händen erobern nun bald auch die Lippen und die Zunge meine Kronjuwelen.

Mädchen ich bin müde!

Aber die Zunge ist so zart an meinem Bändchen Von der Spitze meiner Eichel zu den Bällen und zurück. Dann umschließen die Lippen meinen mittlerweile strammen Mann.

Hör lieber auf mein Mädchen, es geht sonst schief. Wecke nicht das Tier in mir!

Hat sie so große Geschenke bekommen, daß sie so saugt?

Mann ist das geil!

Ihr Hintern ist in der Nähe meiner Hand.

Na gut, ich bin inzwischen wieder unter den Lebenden. Dann mal los!

Also bewegt sich meine Hand langsam auf ihren geilen Hintern zu.

Ich streiche die Schenkel hinauf, bis auf den Rücken. Doch nur zwei, – dreimal. Dann verschwindet der Finger zwischen ihren Backen und streicht zart mehrfach über ihren Anus. Sie wippt mit ihrem Po. Das geht noch besser mein Schatz!

*Der Finger wandert weiter und bald kann
ich an der Intensität ihrer
Lippenbewegungen erkennen, daß ihr mein
Finger an und in ihrer Frau gefällt.*
*„Leider" will sie nun bald mehr, als einen
Finger. Sie will einen Mann.*
*Kurzerhand setzt sie sich auf mich und lässt
meinen Mann in sich versinken.*
Boooh ist das geil!
*Diese Frau ist der Wahnsinn und mein ganz
persönliches Weihnachtsgeschenk.*
*Eine ganze Weile spielen wir so weiter. Ihr
Becken hebt und senkt sich unterschiedlich
schnell. Ich halte stark dagegen und sie
genießt die in ihr entstehende Reibung. Ihre
süßen Möpse hüpfen bei jedem meiner
harten Stöße. Das sieht geil aus. Dann
erhebt sie sich kurz, ich gleite aus ihr
heraus und sie rutscht mit dem Bauch über
meinen Bauch. Doch nicht lange, dann liegt
mein Mann zwischen ihren Brüsten, sie
umschmeicheln ihn. Meine empfindlichen
Juwelen spüren ihre harten Nippel.*
*Hilfe! Mach, daß das nicht nur ein Traum
ist!*
Es reicht!
*Ich stoße sie von mir, so daß sie auf dem
Bauch liegt und schwinge mich über sie.*
Jetzt ist sie fällig!
Ich nehme sie stürmisch von hinten.
*Dem Wimmern und Aufstöhnen nach, sieht
sie mehrfach die Weihnachtsternchen.*
*Immer wieder gebe ich ihr das Wechselspiel
aus harten Stößen und zärtlichen
Schwingungen. Ab und zu gleite ich raus
und reibe meinen Prachtkerl an ihrer*

Knospe oder ihrem Anus.
Nie weiß sie, ob ich nicht eventuell auch
noch das Hintertürchen nehme.
Aber auch das scheint ihr egal zu sein. Sie
will mich einfach spüren und stöhnt lustvoll
auf, wenn ich wieder in sie eindringe.
Irgendwann gebe ich mich hemmungslos
hin und ergieße mich endlos in sie. Ihre
Frau umschließt mich dabei nochmal enger
als zuvor.
Wow!
Was ein geiler Abschluss eines
wunderbaren Weihnachtsabends.
Aber nun bin ich wirklich kaputt. Ich rolle
mich müde auf die Seite und schlafe jetzt
endlich sehr gut in den ersten Feiertag
hinein.

Der beginnt dann, wie der letzte endete.
Anni hat Hunger. Deswegen spielen ihre
zarten Finger an meinen Mann und wecken
mich auf diese Art.
Meine Güte was ein Weib!
Es dauert gar nicht lange und schon wieder
steht er. Eine richtig fette Morgenlatte. Ich
stelle mich schlafend und genieße, wie sie
mich weiter benutzt.
Die Lippen umschmeicheln abermals
meinen Prachtkerl. Etwas später rutscht sie
etwas nach unten und beginnt das Ballspiel
mit der Zunge als Mittelstürmer.
Sehr gefühlvoll streicht sie mit dem Finger
zu meinem Anus.
Hilfe! Ich gebe mich dem wirklich gerne
hin, habe aber leider auch noch ein anderes
(dringendes) Bedürfnis.

*Leider! Also lasse ich sie noch etwas
gewähren.*
Muß mich dann aber von ihr lösen.
*Na gut, dann gibt es jetzt Frühstück. Sie
bereitet es vor, ich helfe ihr dabei und bald
sitzen wir am Tisch im Wohnzimmer und
essen die Reste von gestern Abend.*
*Es dauert aber nicht lange und der Kaffee
wird kalt, da es heißere Sachen am Tisch
gibt.*
*Jawohl, Anni sitzt ja neben mir. Also genau
genommen liegt sie neben oder vor mir. Ich
habe von meinem Brötchen zu ihrer Rose
gewechselt und bin dabei, ihr mit meiner
Zunge ein paar Wonnen zu bereiten. Sie
liegt einfach nur da, die Schenkel leicht
angespreizt, stöhnt vor Lust und genießt.*
*Wechselnd dringt meine Zunge in sie ein
und liebkost dann wieder ihre Knospe oder
wandert in die andere Richtung. Immer
wieder stöhnt sie.*
*Mein Kopf wird von ihr gekrault, sehr
intensiv, damit ich ja nicht aufhöre. Kurz
bevor sie kommt, befreie ich mich aber aus
ihren zarten Händen.*
*Nun lasse ich meinen Wolf frei. Sofort
macht sie dieser über das bald wimmernde
und stöhnende Rotlöckchen her. Sie
wimmert vor Lust als der Wolf in sie fährt.
Sagen kann sie nichts, meine Zunge füllt
ihren Mund, als hätte sie einen zweiten
Mann in sich! So wie sie sich an mich
schmiegt, törnt sie das wahnsinnig an.*
*Natürlich hält das keine Frau lange aus
und sie bebt, stöhnt und zuckt vor Lust.*
Das macht mich so geil, daß auch ich in ihr

*explodiere. Ich spritze mit voller Kraft in
sie und merke, daß ihr das einen weiteren
Lustschub gibt. Wir verschmelzen und
ermatten gemeinsam.
Ich bleibe noch in ihr und genieße ihre
kleinen Beckenspielchen.
Was ein Frühstück. Eine Frau die sich so
darbietet und vernaschen lässt. Wahnsinn!
Wow! Was eine Frau!
Nach ein paar Minuten, die ich brauche um
wieder zur Besinnung zu kommen, trinken
wir den kalten Kaffee aus und schenken
frischen nach. So macht frühstücken
Spaß!!!
Ok. Es strengt auch etwas an. Aber das ist
kein Problem. Wir haben noch etwas Zeit
und können uns nochmal ins Bettchen
legen.
Au Scheiße, das geht doch schief. Sie
bedankt sich für das schöne Frühstück. Mit
Küssen und zarten Fingern. Mit großem
Erstaunen bemerke ich, wie ich erneut
anschwelle und meine Finger schon wieder
über ihre Brüste gleiten.
Was ist das, ein Traum im Traum?
Anscheinend, denn es dauert nicht lange
und ich finde mich in ihr wieder und wir
genießen wieder diese geile Nähe.
Nun brauche ich aber wirklich eine Pause
und drehe mich zur Seite...
Sie kuschelt sich an mich und schläft
ebenfalls nochmal ein.
Anni, wo soll das enden?*

Mittlerweile ist es Mittag durch. Netty und ich sind aufgestanden, haben ein wenig gefrühstückt und sind nun auf dem Weg zu Otto. Meinem Kollegen.

Hier ist Weihnachten ja etwas anders. Als wir ankommen, ist der Unterschied schon gut zu erkennen. Es steht eine Rauchsäule über dem Grundstück. Nein, der Tannenbaum brennt hier mit Sicherheit nicht. Der ist aus gutem Plastik. Als wir ums Haus kommen, sehen wir sie schon. Otto und sein Sohn stehen am Grill und legen gerade die ersten Hamburger auf. Ja richtig gelesen. Hier wird heute gegrillt. Und keine Gans. Sondern Hamburger.

Also Anti – Weihnacht!

Es ist was ganz anderes, hat aber auch seinen Charme. Es sind etliche Kollegen da, mit denen ich früh an der Kaffeemaschine den Morgen beginne, obwohl wir nicht mehr direkt zusammen arbeiten. Dazu kommen noch ein paar von Ottos Freunden, die mittlerweile alle kennen, so daß es eine sehr illustre Runde ist.

Es dauert auch nicht lange, da sind wir in die ersten Gespräche verstrickt, als die ersten Burger den Tisch erreichen und das Wettfressen beginnt.

Vollmundig werden wieder unmögliche Zahlen gemurmelt, aber bald muß jeder erkennen, daß es schon eine Qual wird, den zweiten Burger zu verdrücken. Drei oder Vier ist blanke Illusion.

Einer schafft tatsächlich den zweiten

komplett zu essen Aber unter größten
Mühen und Einbuße des Wohlbefindens.
Das ist natürlich ein gefundenes Fressen für
uns und so muß er den restlichen Abend,
nicht nur unter dem vollen Bauch, sondern
auch unter unseren dämlichen Sprüchen
leiden.
Mit einer Menge Spaß verstreichen die
Stunden. Es ist auch ohne viel Alkohol
gesellig und lustig.
Doch leider ist es auch hier irgendwann
Zeit und wieder soweit, daß wir den gut
einstündigen Rückweg antreten müssen.
Schweren Herzens verlassen wir die
muntere Runde und gehen zum Auto.
Gut fünfundvierzig Minuten fahren wir.
Erst durch das nächtlich beleuchtete Berlin,
dann immer tiefer in einen großen dunklen
Wald, der am Stadtrand auf unserem Weg
liegt.
Netty schwächelt auf dem Beifahrersitz
etwas.
Ich sinniere während ich den Wagen durch
die Nach lenke, wie es wäre, wenn
fälschlicherweise rechts abbiege.
Das hält mich munter.

Autostopp

*Ich fahre durch einen großen, dunklen
Wald. Anni schläft fast neben mir.
Es ist kurz vor Mitternacht. Totale
Finsternis umschließt uns.
Als ich zu ihr rüber sehe, kann ich
erkennen, daß ihr Kleid etwas zu hoch
gerutscht ist. In mir entsteht ein teuflischer
Plan.
Ich kenne mich hier gut aus. Deshalb kann
ich in einer Kurve auf einen Seitenweg
abbiegen. An dessen Ende kann uns keiner
mehr sehen. Hier steuere ich hin und halte.
Anfangs nimmt Anni kaum davon Notiz.
Als der Wagen steht, will sie fragen.
Sie kommt aber nicht weit. Meine Zunge,
die bereits zwischen ihre Lippen drängt und
meine Hand die sich unter ihr Kleid schiebt,
erklären in Bruchteilen von Sekunden alles.
Sie ist zwar müde, aber nicht lange.
So ergibt sie sich in ihr Schicksal und lässt
sich von mir auf das widerlichste
begrabschen.
Gierig greifen meine Hände nach ihren
Brüsten, die ich schnell vom beengenden
BH befreit habe. Sogleich spielen meine
Finger mit ihren Nippeln.
Abwechselnd küsse ich sie, auf die Lippen,
oder auf die Lippen, die die mittlerweile
gespreizten Schenkel darbieten. Auch hier
haben meine Hände bereits ganze Arbeit
geleistet.
Die Strumpfhose ist zerrissen und das
Höschen verrutscht.
Nach dem ersten wilden Handgemenge,
wechseln wir auf die Rückbank.*

*Schnell verliere ich meine Hose und den
Slip.*
*Sie hilft mir dabei und beginnt auch bald,
mir intensiv einen zu blasen. Sie saugt an
meinen Juwelen. Drückt sie mit der Zunge
und dann umschließen ihre Lippen meinen
Prachtkerl.*
*Ihren Slip ziehe ich ihr zeitgleich aus und
streichle dann liebevoll das Weibchen. Nach
einiger Zeit schiebt sich mein Finger in sie
hinein und bald darauf sitzt sie auf meinem
Schoß, genauer auf meinem sehr strammen
Freund.*
*Sie versucht mich als ihr Liebesspielzeug zu
benutzen, aber ich halte hart dagegen und
stoße sie damit schnell in den Himmel der
Wollust. Laut gibt sie sich dem Wohlgefühl
hin und lehnt sich dabei benommen an die
Sitze hinter ihr. Auch ich komme bald.*
*Trotzdem bleiben wir noch eine ganze Weile
so eng und intim umschlungen sitzen. Sie
kann nicht genug haben von diesem Gefühl,
auf einem strammen Dorn aufgespießt zu
sein. Ein Teufelsweib. Denn immer wieder
bewegt sie sich und fordert Stöße von mir
ein.*
Wundervoll, Super. Geil!
Das ist ein gelungener Autostopp!

Glücklicherweise hat sich unsere Fahrzeit nicht so verlängert. Allerdings hätte ein solches, kleines Intermezzo, an die Anfangszeiten unserer Beziehung erinnert.

Inzwischen sind wir ohne Zwischenfälle auf meinem Hof angekommen. Meine Katze begrüßt uns stürmisch. Sie war einen Tag alleine. Nur die Nachbarin kam vorbei und stellte ihr frisches Futter hin. Da das Kätzchen aber mit Fremden ein Problem hat, haben sie sich nicht gesehen. Umso größer ist ihre Freude jetzt. Sie hat aber nicht viel von uns. Denn wir sind doch ein bisschen müde. Von der Party, von dem vielen Essen, von der Fahrt. Ich auch von meinen perversen Gedanken. Schnell gibt es noch ein Schälchen für die Mieze und dann kuscheln Netty und ich uns schon im Bett aneinander, um schnell einzuschlafen. In den letzten Momenten nehme ich noch wahr, wie die Mieze sich mit zu uns legt und unsere Anwesenheit genießt.

Der nächste Tag beginnt, wie ich mir wünschte, daß der letzte endete. Mit viel Streicheln, Küssen, Zärtlichkeiten und Sex. Irgendwann haben wir dann auch Hunger auf ein richtiges Essen und stehen auf. Nach einem kurzen Frühstück müssen wir uns schon fast beeilen. Denn Annis Eltern haben zum Gänsebraten geladen. Eigentlich ist das gar nicht mein Fall. Aber ihre Eltern sind so sympathisch, daß ich

mich schon deshalb darauf freue.
Und schon auf der Fahrt stelle ich fest, daß
es sich gelohnt hat.
Ihr Vater hat, wie ich, einen exquisiten
Geschmack und deshalb wird nicht nur
Gans mit Rotkohl und Klößen serviert. Das
zumindest verrät mir Netty, während wir
schon unterwegs sind.
Mit dem Wissen, daß nicht nur ich manche
Sachen ablehne und der Ersatz der dafür
angeboten wird, mir sehr viel besser
schmeckt, lässt sich ein leckeres Essen
erwarten. Und ich habe mich nicht
getäuscht.
Nach der stürmischen Begrüßung durch die
restliche Familie, finden wir uns sofort an
der übervollen Tafel wieder. Hier gibt es
dann wirklich für jeden etwas und so
können wir uns *ENDLICH* wieder den
Bauch vollschlagen!
Nebenbei wird lustig gequatscht und die
Zeit vergeht wie im Fluge. Ehe wir uns
versehen, ist es Abendbrotzeit und mit
Mühe können Netty und Vera verhindern,
daß ihre Mutter nun auch noch ein
Abendbrot kredenzt.
Schade.
Ich wäre gerne noch geblieben. Ich fühle
mich in dieser Familie sauwohl. Keiner
stört sich daran, daß Netty eigentlich noch
verheiratet ist und hier jemand anderes an
ihrer Seite sitzen müsste.
Nein. Es ist das normalste der Welt, das ich
hier bin. Auch ihr Sohn zeigt keinerlei
Abneigung gegen mich. Es sind Leute, die
man gern haben muß.

Netty und ich, wir verabschieden uns dann
auch schweren Herzens und fahren nach
Hause. Naja, ein kleines bisschen Freude ist
auch dabei. Schließlich neigt sich damit
auch der Trubel der Weihnachtstage dem
Ende entgegen. Wir haben jetzt ein paar
freie Tage vor uns, die wir in Ruhe
genießen können.
Wir fangen gleich abends damit an.
Fernsehen und ein Weinchen und ein
bisschen Schmusen.
Gerade das letztere hatten wir lange nicht
mehr.

Auch die nächsten Tage sind ruhig.
Tagsüber geht es mal einkaufen. Es werden
ein paar nötige Arbeiten im Haushalt
verrichtet. Auch im Büro wartet das eine
oder andere.
Aber zwischendurch haben wir immer viel
Zeit für uns. Wir verbringen sie gemeinsam
mit quatschen, schmusen, Zärtlichkeiten,
Essen und anderen schönen Dingen.
Oder jeder für sich allein, mit Lesen,
Fernseh schauen oder ich zum Beispiel mit
baden.

Silvester

Die letzten Tage plätscherten ruhig dahin.
Wir waren einkaufen, kochten uns leckeres
Essen, schliefen viel. Auch miteinander.
Eine schöne, eine ruhige Zeit. Wir
brauchten sie aber auch nach diesem
aufregenden Jahr.

Nun ist Silvester. Aber wer denkt, heute
steppt hier der Bär, der hat sich getäuscht.
Die Partys die Netty die letzten Jahre
immer so begehrte, will sie dieses Jahr
nicht.
Sie freut sich, einen ruhigen Abend mit mir
zu verbringen. Wir sind so verliebt, daß wir
uns noch reichen.
Auch wenn das Fernsehprogramm zum
vergessen ist, schaffen wir es, uns denn
Abend sehr, sehr angenehm zu gestalten.
Meine Zunge treibt Sie auf den vorletzten
Höhepunkt des Jahres, bevor ich sie mir
später noch einmal von hinten schnappe.
Wehrlos auf der Couch liegend erträgt sie
es, wie eine Rakete in ihr abgeht, nachdem
sie bebend und stöhnend bereits den
siebenten Himmel erreicht hatte.
So habe ich Silvester noch nie gefeiert, mit
einem Feuerwerk für die Sinne.
Wir ruhen uns, aneinander geschmiegt, aus
und gehen zu null Uhr hinaus.
Sie hat ein paar Glücksraketen besorgt.
Drei Stück für jeden. Die sind natürlich
schnell alle.
Allerdings gibt es dieses Jahr ein anderes,

bizarres Schauspiel.
Als wir das Haus verließen, habe ich ein
Polizeifahrzeug gesehen. Ich meine ein
Blaulicht erkannt zu haben. Die Autobahn
liegt gut einsehbar in der Nähe meines
Hofes.
Zwei, drei Feuerwehrfahrzeuge kommen
nun, während wir die Raketen zünden
vorbei.
Seltsam, die Armen, um diese Zeit. Schon
ein fehlgeleiteter Böller? Aber hier auf der
„Bahn"?
Das sind meine Gedanken.
Wir sind fertig und wollen nun das
Feuerwerk vom Dorf genießen. Es ist von
uns aus wunderbar zu sehen. Und damit, für
jemanden der selber nicht gerne knallt, eine
schöne Silvesteralternative.
Bald wird unsere Aufmerksamkeit aber auf
die Autobahn gelenkt.
Die Feuerwehr kommt, rückwärts fahrend,
mit Blaulicht und Suchscheinwerfer,
zurück.
In unserer Höhe stoppen sie. Haben wir
vorhin etwas falsch gemacht?
Wir machen einen kleinen Spaziergang und
sehen uns das aus der Nähe an.
Nun, wir sind nicht schuld. Sie suchen auf
der anderen Seite der Straße. Auf einer
Länge von über 500m durchkämmen sie
den angrenzenden Wald und suchen Spuren
im Feld und auf der Straße. Nach bestimmt
zehn Minuten haben sie, direkt uns
gegenüber, wohl gefunden, was sie suchen.
Hektische Betriebsamkeit, die restlichen
Fahrzeuge, es sind mittlerweile sechs,

werden zu uns zurückgeholt. Der Wald wird
ausgeleuchtet. Material in den Wald
gebracht.
Wir sind mittlerweile wieder drinnen. In
kalter Neujahrsnacht, direkt zum
Jahreswechsel wenn alle anstoßen, einen
Wald durchsuchend, nach einem
Unfallopfer, da will man bestimmt keine
Zuschauer.
Ab und zu schweift unser Blick noch nach
draußen.
Die blinkenden Blaulichter werden uns
nicht schlafen lassen.
Das weiß ich aus Erfahrung. Sie spiegeln
sich nachts an den unmöglichsten Flächen
und dringen so in jedes Fenster.
Gegen eins sind Rettungswagen, Notarzt
und Feuerwehr abgerückt. Auch der
Abschlepper ist fertig und fährt, gemeinsam
mit der Polizei, los.
Jetzt können auch wir ins Bett
verschwinden.
Ich versuche einzuschlafen. Es geht aber
nicht richtig.
Gedanklich bin ich schon erschrocken, daß
wir nichts mitbekamen, obwohl wir so dicht
daneben waren.
Wenn man sich überlegt, so etwas passiert
einem selbst?! Bizarre Gedanken stellen
sich immer wieder ein.
Gedanken die sich mit Bewunderung
mischen.
Bewunderung für die Helfer. Besonders die,
der freiwilligen Feuerwehr. Sie hatten die
Sektflaschen bestimmt schon in der Hand
als der Alarm kam. Und trotzdem ließen sie

Freunde und Familie alleine, um Fremden
zu helfen.
Bei uns im Dorf wäre so die gesamte Party
geplatzt, denn der Ball im Sportlerheim
wird von der Feuerwehr organisiert und
entsprechend gut von ihr frequentiert.
Hut ab vor diesen Menschen, die dies
unentgeltlich tun.
An mehr kann ich mich nicht erinnern, ich
versinke dann endlich in einen tiefen
Schlaf.
Wie Anni, die schon lange von dem kleinen
Intermezzo auf der Couch vorhin träumt.

RÜCKBLICK

Ein unglaubliches Jahr

Das letzte Jahr war echt unglaublich.

So habe ich vor einem Jahr noch,
perspektivlos und alleine den Jahreswechsel
abgewartet. Ich saß alleine im
Herrenzimmer obwohl meine Familie,
noch, bei mir wohnte.
Dieses Silvester verbrachte ich hingegen
mit einer wunderbaren Frau.
Meiner, neuen, Freundin.
Das hätte ich zu Jahresbeginn nicht
gedacht.
Ich hätte nicht mal zu träumen gewagt, daß
ich eine Reha bekomme und diese mir dann
auch noch so hilft. Das diese so viel
verändert.
Genauso wenig hätte ich erwartet, daß sich
die Situation mit Hermine und den Kindern
klärt. Auch wenn diese Klärung nicht
unbedingt schön ist, erleichtert sie das
Leben für uns alle.

Nun bin ich mal gespannt, was das nächste
Jahr für Überraschungen mit uns vorhat und
ob dabei die Positiven überwiegen.

Ich würde mich jedenfalls freuen, wenn es,
mit Netty an meiner Seite, noch lange so
weitergeht wie bisher.
Auch wenn ich ab und zu Anni brauche, für
meine geheimsten Gelüste.

Es steht uns ja noch einiges bevor.
Eine Scheidung.

Die Entzerrung meines verkrampften
Verhältnisses zu meinen Eltern.
Das Hineinwachsen in die Freundeskreise,
die teilweise mit den Ex – Partnern
verwoben sind.
Nicht zuletzt kommt auch Nicci in die
Schule.

Und dann sind da ja noch meine
Lieblingslesben. Sie sorgen ja auch
unaufgefordert, fast wöchentlich, für
Überraschungen.

Es ist halt wie immer im Leben.

Es bleibt spannend.

Und nicht nur das.
Angelehnt an das Motto eines
Fernsehsenders kann man mit Fug und
Recht behaupten:

Wir sind auch diesmal mittendrin und nicht
nur dabei.

In diesem Sinne

viel Spaß,

es gibt bestimmt eine Fortsetzung.